［日］秋吉理香子

著

徐怡秋 译

かん きん
監 禁

中国致公出版社

图书在版编目（CIP）数据

监禁/（日）秋吉理香子著；徐怡秋译著.——北京：
中国致公出版社，2023（2023.9 重印）
ISBN 978-7-5145-2129-0

Ⅰ.①监… Ⅱ.①秋… ②徐… Ⅲ.①长篇小说—日
本—现代 Ⅳ.① I313.45

中国国家版本馆 CIP 数据核字 (2023) 第 071732 号

著作权合同登记图字：01-2023-3266

监禁/（日）秋吉理香子 著　徐怡秋 译

JIAN JIN

出　　版	中国致公出版社	
	（北京市朝阳区八里庄西里 100 号住邦 2000 大厦 1 号楼西区 21 层）	
出　　品	雁北堂（北京）文化传媒有限公司	
	（北京市西城区高粱桥路 6 号西环广场 A 座）	
发　　行	中国致公出版社（010-66121708）	
作品企划	雁北堂（北京）文化传媒有限公司	
责任编辑	邓　苗	
责任校对	魏志军	
内文设计	汐　和	
责任印制	张　辉	
印　　刷	天津雅图印刷有限公司	
版　　次	2023 年 9 月第 1 版	
印　　次	2023 年 9 月第 2 次印刷	
开　　本	880 mm × 1230 mm　1/32	
印　　张	9.5	
字　　数	147 千字	
书　　号	ISBN 978-7-5145-2129-0	
定　　价	58.00 元	

为了守护自己的家，上天一定会原谅我们！

楔 子

我从噩梦中醒来。

在梦里，我坠入了无边无际的黑暗，冰冷彻骨的无底深渊。我几乎要被冻僵，四周一片寂静，以至于我能感觉到自己在耳鸣。

我什么也听不到，甚至无法呼吸。我一直在恐怖与绝望中挣扎，痛苦万分。

由于脑海中仍萦绕着一缕梦境，因此，我醒来时感觉如释重负。

然而 ——

噩梦明明应该已经消失，我却仍处于一片黑暗之中。

什么也看不到。什么也听不到。无法呼吸。

我的嘴里被塞了什么东西。为了呼吸，我猛吸了几下鼻子，结果剧烈地咳了起来。

塞在我嘴里的东西又软又粗糙。是毛巾？怎么会？而且，这上面有一股血的味道。

我想要移动身体，却动弹不得。我的手脚都被绑在身后。

究竟发生了什么？这是哪里？

我想要睁眼看清楚，可刚一用力，便感到一阵剧痛。我的眼睛可能肿了，眼皮处传来一阵阵刺痛，并微微发烫。

我感到浑身疼痛，头部、后背、双腿，无处不疼，仿佛被人痛殴了一顿。

——对了，我想起来了！

我被人偷袭了。

舞衣子呢？

她没事吧？

我想要呼喊她的名字，但被毛巾堵住了嘴，我只能发出含混不清的呜咽声。

舞衣子……舞衣子……

你可一定要平安无事啊……

我们之间的爱情并未消失。只是两个人都累得筋疲力尽，已经没有精力再去向对方示爱。

愛情が冷めているわけではない。ただただ疲弊しきって、お互いに愛情を示すことができなくなっている。

为了让住院的病人多少感受到一些圣诞氛围，护士站旁边摆了一棵圣诞树。平时，树上的灯饰都是关着的，不过，由于今天是平安夜，所以灯饰被特意打开了，会一直亮到熄灯时间。红红绿绿的灯影映在白色的病历卡与记录表上，也算是这一时期独有的景象。

我正要接过白班护士递给我的交接班记录表，呼叫铃就响了。

"18号房，安达先生。"

白班护士放下记录表，匆匆跑了出去。

我所在的花菱纪念第一医院排班是两班倒。白班八点到十七点，夜班十六点半到第二天的八点半，两个班次之间有三十分钟重合的时间用于交接。

每天这两个交接的时段对于护士们来说最为

忙碌，因为在交接班的同时，还要应对病人的各种需求。

我是在女儿舞衣子五个月大的时候跳槽到这家医院的，选择这里的主要原因是当时这里实行三班倒制度。

两班倒的话，白班上九小时（中间有一个小时的休息时间），而夜班则需要上十六小时，漫长无比。

虽说名义上有三小时的小睡时间，但说实话，所谓的小睡时间根本形同虚设。呼叫铃一直响个不停，除此之外作为护士还需要查房、处理从急诊转来需要紧急住院的病人、与病情突变的病人家属取得联系，根本没有时间休息。

可如果是三班倒，白班八点半到十七点半，小夜班十五点半到零点半，大夜班零点到九点，三个班次都是九小时的工作时间（中间均有一个小时的休息时间）。这样看来有小夜班真是太难得了。

虽然不管是"小"夜班还是"大"夜班，只要上夜班就很难保证生活规律，但三班倒能够极大程度地为护士减轻负担。

当然，两班倒也有它的优点，三班倒也存在不少问题。前者毕竟有高额的夜班补助。而且，下了夜班后可以休息一整天，再请一天带薪假就能连休两天。

而三班倒的话，轮班很快，很难凑出一个完整的假期。而且有时还会连排小夜班，三种不同的工作时间会导致生活节奏快速变化，很不稳定。此外，三班倒的时候，交接班的次数增加，不仅会占用大量时间，而且常常会像传话游戏一样出现差错，病人有时也会抱怨护士一天三变。

因此，刚当护士的那段时间，我特意选择了两班倒的医院，还主动申请上夜班。下了夜班后，直接去看电影或购物也是家常便饭。工作日去任何地方人都不多，可以想怎么玩就怎么玩，感觉超棒，还能用夜班补助去吃豪华午餐，四处旅行。

不过，孩子出生后，一切都不同了。孩子刚出生时，只要一见不到我，她就会哭，不是我抱着，她就绝对不睡，不是我给洗澡，她也会哭。本来我以为，这种状况下想要回去上班，就算只上白班可能都不容易实现。不过，从两个月大开始，她逐渐能离开我了，这也让我看到了重返职场的希望。

尽管如此，我觉得上夜班还是有些困难。在很长一段时间里，她半夜会醒很多次，醒了就要找我。我要是整夜不在家是绝对不可能的。因此，我开始在求职网站寻找三班倒的医院，并跳槽到了这里。

来这家医院工作前，我和院方说好在舞衣子一岁之前只上白班。早上上班前，我把她送到车站附近的保育园，傍晚接她回家。我下班准时，不存在加班，最忙的时间段有小夜班的护士一起帮忙，因此，工作环境比较宽松，正如我预想的一样。

按照这样的情况发展下去，即便恢复上夜班，我也能勉勉强强地一边育儿，一边工作。

我本来是这样认为的——

可就在舞衣子将满一岁时，这家医院改成了两班倒制度。毕竟护士这一行长期人手不足，大部分又都是女性，因此总会有人休产假或育儿假。虽然有不少人会一直坚持工作，但也有人很快就辞职了。三班倒的话，医院很难排班，于是就变成了两班倒。

尽管夜班每周只上一次，但又要照顾孩子，又要做家务，再要连轴转工作十六个小时不休息，确实十分辛苦。

有种说法叫"3K 行业[1]"，但我一直觉得护士的工作绝对不止 3K，简直是 8K。除了"辛苦""肮脏""危险"，还要加上"无法休假""无法回家""收

1　3K 行业是指辛苦、肮脏、危险的行业。在日语中，这三个词均以"K"开头。（如无特殊说明，文中注释均为译者注。）

入菲薄""规则严苛""不好上妆"。

自从恢复上夜班之后，我的身体一直在"叫苦不迭"。

"三田，你没事儿吧？"

我猛地抬起头。

只见所有护士的视线都集中在我身上。我似乎在交接班的过程中睡着了，而且还是站着。

这个科室中，我的从业资历是最浅的。护士长和副护士长的工龄分别是三十三年和三十年。还有好几位护士工龄都在二十五年以上。除我以外，最年轻的护士也有十五年的工作经验。而我刚刚在护士这个岗位上工作了五年，说是新人也不为过。交接班时睡着，这种行为当然不可原谅。

"你可得打起精神来。虽然今天是你最后一天工作了，但也不能松劲儿。不然会出意外的。"

护士长的体格比较魁梧，平时声音就很大，训起人来更是严厉。

"对不起。"我慌忙低头致歉。

是啊。

今天是我最后一天上班了。

"真没办法，本来年底这会儿人手就不够。"护士长继续没好气地抱怨着。

"给您添麻烦了，实在对不起。"我的头垂得更低了。

从舞衣子学会走路开始，育儿给我的身体造成的负担就急剧加重。孩子一刻也离不开人，而且她还越来越重，无论是抱她还是背她，我都愈发费力。睡眠不足时，我的体力根本就支撑不住。因此，大约一个月之前，我找到护士长，想请她多给我排一些白班，可是——

"我们带孩子那会儿，可没有人说不能上夜班。这就是我们的工作啊。"护士长深深叹了一口气。

"我真搞不明白，现在的妈妈带个孩子怎么这么费劲儿？我们那个年代，没有微波炉，也没有现成的婴儿辅食卖。既没有烘干机，也没有便利店，更没有网上购物。

"老公们理所当然地当甩手掌柜，我们还得给婆婆做饭。和过去比起来，现在的生活不知道轻松了多少。可你们还要抱怨什么丧偶式育儿，要我看，你们就是太娇气了。"

她话都说到这份儿上了，我也没法再反驳。事实上，她也确实是一边上夜班，一边带大了三个孩子。

"中野，还有山口，她们俩的孩子不都跟你的差

"——我要说的就是这些，各位辛苦了。"

值白班的副护士长交接好工作后，夜班组的护士们齐声说道"您辛苦了"，我也赶忙加入其中。

"三田，这段时间辛苦啦。"

"以后别忘了回来看我们啊。"

结束了白班工作的同事们在回家之前纷纷过来跟我道别。

"这是我们一起送你的临别礼物。"

盒子的包装上印着可爱的圣诞图案，十分应景。

"哇哦，谢谢你们。"

我完全没想到竟然会收到礼物，不由得抱紧了盒子。

"希望你会喜欢。"

"是浴巾。我们想送你一件可以和女儿一起用的东西。"

"是有机棉的哦。"

大家你一言我一语地说道。

"毛巾真是有多少都不嫌多，这条还能给舞衣子当小毯子。真是太感谢你们了。"

护士长在一旁清了清喉咙，我们连忙交换了下眼神，吐了吐舌头。

"礼物我先帮你放进休息室里，下班后你别忘了带回家。这段日子辛苦你啦，多保重。"

"谢谢大家。"

挥手送别了白班同事后，我又看了一遍交接表，确认好自己负责的病人。

一共四十位病人，我预感今晚肯定又休息不成了，心情有些烦躁，只得轻轻地叹了一口气。

很快，六号房的呼叫铃就响了。这位病人因肺气肿入院，可能是呼吸不畅的缘故，时不时就会按铃呼叫。我猜想她肯定又是痰吐不出来了。

病房门旁备有一次性手套，我戴上手套走进病房。

"啊……三田护士……"

我面前的病床上传来微弱的声音。那声音隔着面罩式的人工呼吸器，就像用淡淡的墨水写出的文字，若隐若现，毫无存在感。"呼哧呼哧"的费力喘息声中夹杂着呼吸道里"咕噜咕噜"的杂音。这位女病人已经七十五岁了，体力与肺功能均已衰竭，想吐口痰都很困难。

"是不是很不舒服？我来帮您排个痰吧。"

我帮她取下氧气面罩，轻声说道。以前，我也曾因感冒持久不愈转成肺炎而呼吸不畅，所以深知其中痛苦。

"好，慢慢来，不着急。"

老人仰卧在床上，我扶着她的身体向右转动，帮她换成侧卧的姿势。

"我要按一下您的肚子，要是不舒服，您就告诉我。好，用鼻子吸气……慢一点，慢一点，吸一大口气，一直到吸不动为止。"

我的手掌感到老人瘦骨嶙峋的腹部开始鼓胀起来。

"好，现在慢慢用嘴呼气……对，对，太好了，就这样。怎么样？感觉到痰上来了吗？"

老人只是无力地眨了眨眼。

"那我们再来一次。好，用鼻子吸气……"

反复几次深呼吸后，"咕噜咕噜"的声音来到喉头，我赶紧把不锈钢盘靠到老人嘴边。

"就是这样！深吸一口气，然后使劲吐出来。来！"

"噗"的一声，一口黄绿色的痰被吐了出来。

"太好了。还能再用一次力吗？"

又一口痰被吐了出来。

"好了，歇一会儿吧。您没事吧？累不累？"

我摩挲着她的后背，然后帮她慢慢转过身躺好，重新为她戴上氧气面罩。

"谢谢你，我舒服多了。"我隐约听到老人发出微弱的声音。

"三田护士，您对老奶奶好温柔啊。"

隔壁病床上的女大学生感叹道。她是因为肺炎住院的。

"是吗？谢谢你的夸奖。"

没想到竟然会有人注意到我，我惊讶地离开了病房。

我并不觉得自己对老年患者照顾得更周到，不过确实，就连严厉的护士长也曾夸过我特别善于照顾老人。

可能是因为我在她们身上看到了自己母亲的影子。我的母亲住在老家，人不过才六十多岁，头发就已经全白了，看上去要比实际年龄苍老很多，不知是不是长期遭受我父亲家暴的缘故。或许我在照顾病人时，不知不觉地将她们当成了自己的母亲。

我一边处理着各种各样的病人呼叫，一边完成了傍晚的体征检测，还为需要饭前用药的病人发了药，忙着忙着就到了晚饭时间。

"三田，趁现在赶紧去吃个饭，歇一会儿。"

听到护士长的话，我走向休息室。休息室的桌子上摆着刚才大家送给我的礼物，以及医院为夜班护士提供的盒饭。

我刚坐到椅子上，就感觉到一股浓浓的倦意袭来。从交接班开始，我马不停蹄地干到现在，一刻都没坐下，早已饿得前胸贴后背。

我打开饭盒，刚夹起一块厚蛋烧放进嘴里，就听见呼叫铃响。我看了一眼护士站，里面一个人都没有。虽然按铃的病人不由我负责，但我还是就着一口茶咽下嘴里的食物，匆匆走出了休息室。

医院会为夜班护士提供盒饭，但我每次都因为工作太忙，根本没时间吃。今晚肯定也不例外。不过，一想到今天就是最后一天了，吃不上饭也没什么大不了的。

"您怎么了？"

我推开单人病房的门，里面是一位六十多岁、肺癌二期的男性患者。

他怯生生地说："我想上厕所。"

吃饭前你怎么不说呢！我虽然心里抱怨不迭，脸上却保持着笑容。我把病人的餐盘放到边桌上，收好床上的小桌板，放下床架，然后把挂在天轨输液架上的药液取下来，换到移动输液架上。

"好了。"

我示意他起身，可他一动不动。

"能把你的肩膀借我扶一下吗？"

他低声说道。

你明明自己能走啊！我虽然有些讶异，但还是将他的胳膊架到我的肩膀上，扶他站了起来。他虽然身材瘦削，但毕竟是个男人，对我来说他的身体还是非常沉重。我勉力撑着他走进室内卫生间。他把身体重心压在我的肩膀上，但他不应该这么虚弱才对。

"好，现在要坐下了。准备好了吗？我数一二三，然后就把您放下来。"

"不……我想站着上。"

他依旧垂着头，低声说道。

"欸，您不是站不住吗？"

"所以……请你就这样扶着我别动。"

"啊，倒是也可以。"

我用力撑住他的身体，等他方便。可他还是一动不动。

"您没事儿吧？"

"……你帮我。"

他用充血的眼睛望着我，声音略带兴奋。

"什么？"

"帮我一下。你看我就一只手，还在输着液。"

"欸？不过，这不影响吧？"

"影响啊。护士，你就帮帮我吧。"

他的呼吸急促起来，身体不自然地贴紧我，搭在我肩膀上的手臂有意无意地触碰着我的胸部。

啊，原来是这么回事。

"您还是坐下吧！"

我用力甩开他搭在我肩膀上的手臂，推开他的身体，然后不由分说地将他按在马桶上。

"这样您的手就能用了。结束后请您再按一下呼叫铃，护士长会过来把您扶到床上的。"

护士长体格魁梧，力道十足，平时总是板着脸，他脑海中可能已经浮现出护士长的样子了，不由得咋了咋舌。

"您慢慢来。"

我满面笑容地跟他说完后，拉上卫生间的门，快步跑回休息室。他靠在我身上，手臂触碰我胸部的感觉始终挥之不去。

啊，太讨厌了。

不过，一想到今天是我最后一天上班，我又觉得自己应付得还不错，我很想表扬一下自己。

"是有这种人，就是想趁机揩油！我刚工作那会儿，带我的护士长跟我说'只是摸摸而已，不用当回事。你轻轻拍拍他的手就好啦'。"以前我跟护士长抱怨病人动手动脚时，她曾这样对我说道。

怎么可能不当回事？这种行为如果发生在电车上，就属于犯罪，难道发生在病房里就没事了吗？如果是健康者所为，就属于犯罪，难道因为是病人，就不用被追责吗？明明不喜欢被人动手动脚，难道因为对方是病人，就只能无奈地忍气吞声吗？

这也太不合理了，这是不对的。每当有病人对我动手动脚，或是在我面前暴露性器官，对我开黄腔，我都会感到不舒服，心里十分难受。

近来，由病人引发的性骚扰纠纷也开始受到院方重视，因此增设了一些保安。不过，他们主要待在门诊那边，住院部里并没有常驻保安。即便有，如果不是发生了恶性事件，或是有人危及医护人员的人身安全，他们也不会每次都赶来，毕竟他们的人手也不充裕。

"还有的医生笑话我说，'你又不是处女了'，真是不安好心！也有人说，'反正他马上就要死了，就让他摸摸呗'。还有什么'这也是你工作的一部分'，以及'就当是送他入土的礼物了'，啊啊啊，真是烦死人了！"

这些都是护士长经常挂在嘴边的话，每次都以"我刚工作那会儿"开头。事实上，如果是护士长直接对我说这些，那无疑会被视作职场霸凌。因此，她只能装作是在讲述自己以前的经历，但其真实目的是想通过这种方式把那些话说给我听。

不知怎的，针对排夜班这件事情，她可以直截了当地对我进行精神暴力，可碰到这种事时，她却一下子变得敏感起来。

有些护士长会竭尽全力保护自己的护士，当然，也有人相反。不幸的是，我们科室的护士长并不站在我这一边。

因此，在遇到性骚扰的日子里，我回家以后会心烦气躁，根本无法柔声细语地照顾舞衣子。跟着，我又会因此陷入自我厌恶而无法自拔。

不过，今后再也不会发生这种事了。我可以轻松愉快地陪伴舞衣子，耐心守护她长大，不错过她成长的过程。一想到这些，刚才的不愉快立刻烟消云散，我的心中满是喜悦。

然而——

不知为什么，我的心中仍笼罩着一层厚厚的阴霾。

啊，我明白了。

是因为刚刚那股怒火中还混杂着另外一种愤懑。

为什么那种已经土埋半截的老头子还想对我动手动脚，而我自己的丈夫却连碰都不碰我一下呢？

不知从什么时候开始，我和丈夫雅之迈入了无性婚姻。

我们两人的生活节奏总是对不上。即便两人都在家，也总有一方在睡觉，连好好打个照面的时间都没有。不知不觉间，两人之间的对话越来越少，肢体接触的机会更是早就消失不见。

其实我们之间的爱情并未消失。只是两个人都累得筋疲力尽，已经没有精力再去向对方示爱。

因此，我想趁着年底，好好修复一下我们夫妻之间的关系。修复好感情后，再自然而然地恢复性生活，免得给雅之带来压力。毕竟未来我还想再生一个宝宝。

回到休息室后，我已完全没有食欲。我简单吃了两口冷掉的米饭和鱼，又用筷子夹了一小块今天特赠的圣诞蛋糕。

夜班虽然可以轮流休息，但一想到呼叫铃随时会响，我心中总是踏实不下来。尤其今天是我最后一天上班，我希望自己可以不出任何差错，圆满地结束在这家医院的工作。因此，虽然时装杂志和美食杂志都出了最新一期，可我压根没打算碰一下。

我准备趁这个时间把礼物收好，于是站起身，走向隔壁的更衣室。

我打开柜门，正准备将礼物盒放在包上，忽然发现侧边袋子里的手机上，LINE[1]的提示灯闪了起来。

我取出手机，原来是雅之发来的信息。

"工作辛苦啦！"

"明天圣诞节，我也想办法请到假了。"

"我们仨一起庆祝一下吧。"

"另外，作为圣诞礼物……"

"明天我会负责打扫房间和洗衣服！"

"还会给你做饭。"

"现在我要征集心愿菜单啦。"

"你想吃什么就告诉我。"

"年底的大扫除我也会帮忙的。"

"想让我干什么就告诉我，我什么都会帮你干。"

刚看到这几条信息时我很开心……可不知为什么，我的心情逐渐烦躁起来。

1　手机通信软件，类似中国的微信。

他应该没有恶意。不过，我是在全职工作，而且每周还要上一天夜班的情况下，承担了家中几乎所有的家务。我希望他平时也能多少帮一帮我，而不仅仅是在圣诞节这一天把做家务当作礼物。原本这些家务就应该由夫妻二人共同承担，但他居然说这是送给我的礼物，实在让我有些不爽。

　　而且，还说什么打扫房间和洗衣服"我也会帮忙""我会帮你干"，这听上去不奇怪吗？明明是打扫你自己每天生活的房间，洗你自己每天穿的衣服。

　　有时候，雅之身上这种孩子气会令我十分愤怒。与其说是孩子气，不如说他压根不动脑子。与其说是大大咧咧，不如说他神经大条。无论怎么说，我绝不能因为这种行为没有恶意就原谅。事实上，过去那些恶劣的性骚扰、孕产妇歧视等行为，不也全都打着"没有恶意"的幌子延续至今，没有受到任何惩罚吗？

　　以前，我也曾不经意地跟他提过。

　　"你能不能帮我分担点家务？现在这个家，有八成的家务是我一个人干的。"

　　可他居然一副难以置信的样子。

　　"我觉得我也干了不少啊。垃圾全是我倒的，有时我也会洗衣服，去超市买东西什么的，我不一直都干得挺好的吗？"

话虽如此，可那些垃圾是谁分类放好的？说是洗衣服，他只负责打开洗衣机，然后往里面倒洗衣粉，真正晾衣服的人可是我，把晾干的衣服取下来叠好的人也是我。去超市买东西的人的确是他，可在买东西之前，构思晚饭吃什么，查看冰箱里有什么，然后再把需要采购的东西列好清单的人也是我。

雅之肯定没有注意到，在把家务分派给他之前，我每天需要花费多少心思。不仅如此，他肯定还以为自己已经承担了不少家务。

他发来的这几条信息也是如此。乍一看会觉得他很关心我，想要为我做我想吃的东西来表达爱意。

可是说实话，与其来问我喜欢吃什么，我更希望他能自己决定做什么，哪怕是我不喜欢吃的东西，我也会更开心——或者说，那样才能真正让我感到放松。每天我都在为晚饭做什么而发愁。为什么我已经如此忙碌疲惫，还要绞尽脑汁地去思考你要为我做什么饭才好呢？

当然，这些话我是不会跟他说的。把自己的想法敞开告诉他，只会让我们之间的关系愈发扭曲。说出去的话就无法收回，会令以后的自己后悔的话，千万不要说出口。尤其是发信息的时候，文字是会被保留下来的。虽说现在有消息撤回功能，手机上的文字可能会消失，但它们会一直被刻在心里 ——深深地，深深地。

"哇！太棒啦！"

"谢谢你！"

"你做什么都行，做什么我都开心。"

最后再加一颗爱心的表情。

此时我心中默念：拜托你自己动动脑子吧。

发完信息后，我把手机放进包里，关上更衣柜的门。我刚要离开，手机振动的声音穿透了薄薄的更衣柜门。

我得走了。

理智提醒我赶紧离开，但我心里实在好奇，不知他会想出什么菜单来，于是忍不住又打开柜门。

"我也什么都行。"

"还是你来决定吧。"

我感到一阵虚脱，差点将手机扔了出去。

"我根本不是那个意思好不好！不要为了这种事没完没了地烦我好不好！如果是为了犒劳我，你就自己动动脑子！而且我们每天生活在一起，我喜欢吃什么你总该知道吧？"

我一口气在输入框中打完这段话，正要点击发送……手又停了下来。说出去的话就无法收回，明明我刚刚还很理智。我叹了一口气，把刚打好的字全部删掉。

然后，我缓缓打下这样的文字："那就做炖菜吧。"

这次不配表情了，我已经感到极度不耐烦。

"炖菜是吧？ OK！"

"奶油炖菜？"

"还是炖牛肉？"

啊，我不行了。

非得指示得那么具体吗？

我想打个"随便"发过去，但显然那样又会引发他无穷无尽的问题。

"奶油"。

我只打了两个字，连标点都没有。这次，我彻底收好手机，锁上了柜门。

当我离开时，身后又传来手机低声呜咽般的振动声，可我没再回头。

*

▸　　我坐在沙发上，正要拿起奶瓶给舞衣子喂奶，咖啡桌上的手机振动起来。

我打开一看，是一条配着"谢谢"字样的猫咪表情。大约三个小时前，我发了一条"奶油炖菜是吧？ OK！"的信息，这条应该是回复。

间隔了三个小时才回复，恐怕是因为她一直在忙。晚饭后得给病人发药，熄灯前又得挨个病房去查房。这时可能是小睡时间，所以才得空拿起手机。

我把舞衣子竖着抱起来，轻轻拍打她的后背。通常婴儿在自己能抬头的时候就可以不用拍嗝了，可舞衣子都一岁多了，时不时地还会像喷泉一样大口吐奶。我耐心地在她后背上拍了半天，她终于打了一个大嗝。

"好棒棒！"

我蹭了蹭她的脸蛋，舞衣子咯咯地笑出了声。

好了，接下来该准备奶油炖菜了。

我抱起舞衣子，看了一眼厨房，案板上是一根刚切了一半的胡萝卜。

奶油炖菜很适合做成幼儿食物，我打算尽量做得精细一点，让舞衣子也可以跟着我们一起吃。

虽然我觉得她一定会哭，但还是想把她放到婴儿床上躺一会儿。果不其然，刚一放下，她就哇哇大哭起来。

"好了好了，知道啦，知道啦。"

我回到沙发上，用婴儿背带将舞衣子背到身后。她可真够重的，我站起身时，腰一阵疼痛。

说明书上说，这个婴儿背带的承重为二十公斤，可以用到孩子四岁左右。但不管这个背带的承重有多厉害，如果不是必须，我可不打算把它用到舞衣子四岁的时候。

回到厨房，我继续切菜。

既然决定要把炖菜做成幼儿版，那蔬菜和肉都必须切碎一点。我把菜刀横过来，两手握刀，"当当当当"地剁起胡萝卜。舞衣子大声笑起来，震动似乎令她感到非常舒服。

"好玩吗？那再来一次吧，这回轮到大土豆啦。"

"当当当当……"

"哈哈哈哈。"

一边做饭一边哄孩子的做法大获成功。很快，洋葱、菠菜等食材也都被一一切好。我打开冰箱，想看看蛋白质该选什么好。冰箱里有鸡肉和三文鱼。我犹豫了一下，最后决定选鸡肉。

我小心翼翼地用菜刀剔掉鸡皮和鸡油，然后将鸡肉切成小块。

我把所有食材都切成孩子也能吃的小块后，开始做白汤。我把刚才拿出来的奶油炖菜调料收起来，从冰箱冷藏室里取出面粉和黄油。为了舞衣子的健康着想，不能用现成的炖菜调料，里面有很多添加剂，而且盐分也太高了。

我把面粉倒进锅里，用黄油炒了炒，房间里登时弥漫着一股浓浓的香味。我又往锅里加了一些牛奶，用铲子不断翻炒，防止糊锅。在我集中精力做饭的过程中，舞衣子不知不觉地睡着了。她可能是笑累了，笑着入睡 —— 这不就是最健康的方式吗！

我把火调成小火，然后蹑手蹑脚地走到婴儿床前，小心翼翼地解下背带，轻轻地、轻轻地将她放到小床上……刚一松手，她就又哭了。

我赶忙把她抱起来，只听一阵"噗噗"的声音，空气中立刻飘来一股臭味，她拉屎了。

"哇，等一下等一下。你先别乱动哦。"

我跑过去先把炉子上的火关了。

不知是不是因为这次拉得太多了，便便从纸尿裤的边上漏出来，舞衣子的腿上也脏兮兮的，还险些蹭到我的衣服上。

我赶紧抱着她走进浴室，让她扶住浴缸的扶手站好，然后撕开纸尿裤，团成一团塞进塑料袋里。

我打开莲蓬头，给舞衣子洗屁股。舞衣子彻底开心起来，她嘴里"哒哒"地说个不停，两只脚"啪叽啪叽"地踩水。

"好啦好啦，开不开熏（心）呀。我们来洗香香好不好哇？"

不知为什么，一对着舞衣子讲话，我就会不自觉地使用婴儿语。我并不是有意要这样做，只是一看到这张可爱的小脸，我就忍不住。

我用婴儿沐浴露将她的下半身洗干净后，趁着身体还热乎，赶紧用一条软软的浴巾把她包起来。

我给她穿上一条拉拉裤，怕她感冒，又给她套上一件连体衣。舞衣子从头到脚都被包得严严实实的，活像一个小玩偶，十分可爱。连体衣是一周岁孩子的尺码，不过由于舞衣子个头比较小，所以还能再穿一阵。这件衣服实在太可爱了，我打算一直让她穿到实在穿不上为止。

我们回到开着电暖气的客厅，趁她心情好，我让她自己玩了一会儿玩具。可不一会儿，她又开始哭闹起来，可能是闹觉了。我抱起她，在客厅里慢慢地转来转去。她一直不肯睡。我就这样抱着她足足晃了一个小时，终于听到了她的鼾声。

这次应该没问题了吧。我小心翼翼地将她放到小床上。这次她终于没有再醒。我松了一口气，把毯子为她盖好。

一直抱着一个十六斤重的婴儿保持同一姿势，我的颈部与手臂的肌肉已经变得僵硬。我轻轻转了转肩膀，打算稍微休息一会儿再继续做饭，没想到，哭声又响起来了。

又得从头再来一遍：把她抱起来哄一哄，将双臂摆成摇篮形状摇一摇，给她唱催眠曲，用婴儿语安抚她……

满头大汗的我彻底明白了一件事：不管带孩子有多累，只要看到婴儿的笑脸，一切辛苦就都烟消云散了——说这话的人肯定是在撒谎。我现在充分理解了为什么有人会因为照顾孩子而陷入精神焦虑。婴儿的每件事都刻不容缓，而且性命攸关，育儿需要二十四小时待命，全天无休。没有比这更辛苦的工作了。我是自己亲身经历后，才深刻地意识到这一点。

不过……不知是不是因为我是一名男性，我一直觉得在外面工作也和育儿一样，不，有时甚至比育儿更辛苦。因此，我总觉得让夫妻两人平等地承担育儿责任与家务劳动是不公平的。

我是一名医生，但并不是自己开诊所，而是在一家大医院里就职。由于我目前还处于研修医[1]后期，对上得看部长的脸色，对下得费心指导后辈，在强势的护士长面前还得低着头，有时还要值夜班，当班时经常大半夜就被叫走，真是非常痛苦。因此，我实在没办法再去承担一半的家务。

我一直以为由纪惠跟我一样作为一名医疗从业者，对这些情况肯定十分了解。没想到，有一天早晨，当我值完夜班回到家，她一脸严肃地跟我说："我有话要对你说。"

当时，舞衣子正在榻榻米上的小被窝里呼呼大睡。她的眼角还带着泪花，肯定是哭闹了好久，刚刚才睡着。奶粉撒得到处都是，绘本、玩具、还没来得及叠好的衣服堆满整个沙发。我和由纪惠好不容易才找到一块空地，面对面坐了下来。

"我们两人都要上班，对不对？就算我现在在休产假，你也不能把所有的活儿都推给我一个人吧？"

我并不觉得自己把所有事情全都推在她一个人身上。

我知道喂母乳会很辛苦，所以很早就给孩子换

1　日本医学本科为六年制，前四年临床课程学习结束且通过考试者，可进入临床实习阶段。顺利毕业且通过日本国家医师资格考试者，会在指定的医院接受研修医培训。（编者注）

成了奶粉，我也会去刷奶瓶、给奶瓶消毒、冲奶、喂奶，甚至还会给孩子拍嗝。只要有空，我还会负责哄睡、给孩子洗澡，我真觉得自己已经在尽最大的努力去搭把手了。

可我这么一说，反被她劈头盖脸地呛了一顿。

"什么叫'搭把手'？你什么意思？说到底，孩子本来不就应该是两个人一起带的吗？你也是当事人之一哦，居然说自己是在搭把手，这就说明你根本没把它当成是自己的事。"

"我不是这个意思。我当然明白我也是当事人。不过，我觉得我已经在尽全力协助你了，能帮忙的地方我都有在帮忙。"

"'协助'这种词你说出来不觉得奇怪吗？还说什么'帮忙'，这更说明你完全没把它当成是自己的事。"

"等一下。在别人看来，我已经是不折不扣的奶爸了啊——"

"奶爸。"由纪惠叹了一口气，"爸爸稍微带带孩子就可以被称作奶爸，可为什么没有一个专门的词来称赞一下妈妈？为什么女人带孩子就是天经地义，而男人带一下孩子马上就会被捧上天？"

由纪惠一直在猛烈地攻击我。而我因为缺觉，脑子已经有些迷迷糊糊，只想早点休息。

"我是'搭把手'也好，'协助'也好，'帮忙'也好，被捧成奶爸也好，该干的活儿我不都干了吗？

"再说了，我不能分担一半的家务又不是因为我想出去玩儿，那不是因为我在拼命工作吗？而且我的工资确实比较高，房租是我出大头，生活费也是，就连这个房子的押金，不也都是我一个人付的吗？我还买了整套家具，买了车，停车费也是我在付。所以——"

"男人啊，一开口就是这些。"由纪惠伤心地叹了口气，"因为我赚的钱比较多，所以家务活就应该由女人来做。"

喂喂喂。

什么叫家务活就应该由女人来做，这种话我可一句都没有说过。从头到尾，我说的都只是我们俩之间的事。

我几乎一直不在家，不过这也是为了赚钱生活，是没办法的事。我不在家的这段时间，客观上确实无法照顾孩子，所以我希望能够以由纪惠为主，请她多包涵。我要表达的仅此而已啊。

不过我心里明白，如果我这样说了，她说不定，不，她绝对会加以百倍地反击。

"我说，我们能不能回头再谈？我太累了。能不能先让我睡一觉再说？"

"我也一直都没合眼呢！"由纪惠用力瞪着我，"你多美啊，可以用工作逃避育儿责任。你根本就不知道一直带孩子无法休息有多么辛苦。到最后，所有负担全都压到了女人头上。你不是也能休育儿假吗？现在休不了吗？"

"不是……我现在很难请假啊。不管政府再怎么鼓励男性休育儿假，有些单位就是请不下来，特别是医生这一行，更难请假。"

"可那些女医生呢？她们怎么办？再怎么不能请假，生孩子的时候也必须请假啊。照这么说，只要男人真想请假，肯定也能请下来吧？

"啊，说起来，女医生这个词我也很不喜欢。男性就直接叫医生，为什么轮到女性就得叫女医生呢？太奇怪了，这太不合理了。好像一说到医生，前提就得是男性一样。"

"话虽如此，不过，"有一句话我真是不吐不快，"这是因为，女医生们——"

我看到由纪惠目光一凛，连忙换了一种说法："我是说，女性医生在休孕产假时，就得靠我们这些男性医生顶上去。正是因为有我们在后面支持，女性医生才能比较容易请到孕产假和育儿假，对不对？"

我们要打造育儿友好型社会，男性要主动休育儿假，育儿假结束后也必须尽量缩短工作时间，积极参与育儿——政府很早以前就提出了这样的口号。但事实上，如果真的按照这个标准执行，整个社会肯定会停摆。我觉得这个目标从一开始就是一种幻想，从一开始就是矛盾的。

由纪惠摇了摇头，一副不以为然的表情。

"靠你们？你也未免太高看自己了吧？"

"可事实上一线就是有好多工作必须要做啊。我觉得女性医生能够休假，肯定有我们这些男性医生的一部分功劳。"

完了，不知怎的，话一说出口，多少就有些变味。我一丁点也没有要性别歧视的意思。我只是单纯地希望她能了解，在医疗岗位上，为了能让必须休孕产假的女性可以心无旁骛地休假，男性是额外付出了很多努力的。我并没有觉得这些努力必须要获得感谢，或是说这些努力有多么了不起。

我只想告诉她——必须有人能够一直在工作岗位上持续奋战。

舞衣子出生时，要是能请育儿假，我当然也想请。可事实上，如果我也请假，那我们科室肯定会乱成一团。当时我们那儿已经有两个人请了产假，还有几位男医生跟我情况一样，也有宝宝刚出生。如果这些人全都请假，不知医院究竟会变成什么样。

可以说，男性之所以很少请育儿假，主要是希望女性能够充分地行使这个权利，难道不是这个道理吗？

"你的意思是说，这全都怪女性？是她们拖累了你，你就是想说这个，对不对？"

说实话，我觉得至少有一部分因素是这样的。现在医生紧缺，想马上找到代班医生非常困难，感谢一下我们的付出并不过分。当然，这些话我并没说出口，只是保持了沉默。

"你是不是根本就不清楚带孩子、做家务到底有多辛苦？"

"我很清楚。我不是时不时地也在做吗？"

"那可不一样。"由纪惠摇了摇头，"时不时地做，和每天必须做，根本就是两个概念。就像你上班一样，只要离开了公司，工作就结束了，对不对？可带孩子必须真正干上二十四小时，一直不能休息。这相当于一份重体力活儿，要是换算成工资，数目可小不了。而女性——我，正在无偿地干着这份重体力活儿。"

由纪惠的眼里含满了泪水。

的确，我想起了一件事。

刚当上研修医那会儿，我还是单身。因为房间里实在太乱，我想请一位家政帮我打扫一下。说实话，当时我认为，打扫房间这种活儿谁都能干，肯定贵不了。结果一问才知道，只是打扫卫生间、浴室和厨房，就需要3万日元，全屋收拾甚至需要10万日元以上。那时我才第一次意识到，打扫房间具有极高的价值，这给我造成了巨大的冲击。光是打扫房间就这么贵了，再加上做饭和洗衣服，不知道得多少钱。而由纪惠在这个基础上，还要带孩子。

"……你说的没错。我真的非常感谢你，谢谢你。"

我说得非常郑重其事，她看上去似乎得到了一些安慰。

"我，想了一下……我分担不了的那部分家务，可不可以改成付钱给你？"

由纪惠脸上的表情消失了。

"你可以定一个你觉得合适的价格。一小时5000日元之类的，哎呀，我也说不好。反正你觉得什么价格你能接受，你就……"

由纪惠的眼泪开始"吧嗒吧嗒"地往下落。

"你说话怎么能这么不过脑子呢？我说过我想要钱吗？"

"不是，我没有别的意思。"我有些慌乱，"只是，你现在确实承担着繁重的体力活儿，这是事实吧？既然我在这方面不能帮忙……不是，既然我不能和你一起承担，那至少让我出点钱来——"

"太过分了。你怎么会想到这里去呢？你觉得这个问题可以用钱来解决吗？"

为什么要如此指责我？这已是我用尽全力思考的结果了。客观来讲，我的确无法承担一半的家务，我也无可奈何。而且我觉得，恐怕也不会有其他丈夫愿意为了家务而给妻子付费。难道就不能稍微感谢我一下吗？

"如果你不想要钱，那我们就雇个临时保姆，好让你能休息一下。再找个家政。这样可以吗？"

由纪惠哭着摇了摇头。

"不是的。我不是想听你跟我说这些。"

"不是，我的意思是——"

"算了吧。我只是想和你一起带孩子而已。你就是不明白我的意思，对吧？"

由纪惠三下五除二地在舞衣子的被窝旁铺好自己的被子，抽泣着躺下了。

这场毫无结果的谈判，到底算怎么回事啊？

有说这些话的时间，我们俩趁着舞衣子睡着的工夫，好好睡一觉不好吗？

我工作了一夜，刚一进门，饭也没吃，水也没喝，就一直在这儿没完没了地进行一场没得出任何结果——或者说根本就没办法得出任何结果的谈判。不对，说到底，这能不能称之为一场谈判还不一定。

我总觉得她只是在单方面地把自己的意见强加给我。其实我也知道，由纪惠现在的负担很重，所以我也已经在自己的能力范围内竭尽全力地想办法了。如果这样她还是不满意，而我又确实没有精力再帮她分担家务，那不就只能用钱来解决了吗？

那天以后，同样的争论反复在我们之间进行了很多次。每天都是这种状态，搞得我上班时，耳边都会响起由纪惠尖锐的嗓音，实在是让我身心俱疲。

怀里舞衣子的哭声将我拉回到现实中来。

过去的事情空想无益，无论如何，我得先把眼前的事做好。白汤才刚做到一半呢。

"不哭不哭。接着和爸爸一起做饭好不好？"

舞衣子一点儿没有要睡的意思，于是我又把她放到背带里背好，继续做饭。

"养儿育女，需忍字当头。"

我一边戏剧念白般地自言自语，一边把炉子上的火打开，然后拿起锅铲继续搅拌。白汤又开始热起来。忽然，我想到一个好主意。

熬好的白汤是不是也可以用来做个焗饭？

对了，冰箱里还有三文鱼，要是做三文鱼焗饭，就不会感到口味重复。

这个主意真不错，连我都有点佩服自己了。我得意地哼着歌，打开冰箱，取出一段三文鱼块，然后去掉鱼皮和鱼油，又将鱼骨细心地剔除干净。如果有三文鱼刺身，就不用这么费劲处理了，不过现在只有鱼块，没办法了。

把鱼肉煮熟后捣碎，然后擀成薄片。我打算多做点，剩下的分装在盒里，放冰箱中冻起来，这样随时都能吃。

我把做焗饭用的三文鱼片按一顿饭的量分好，剩下的装在装婴儿辅食用的小盒里。如果弯腰，舞衣子就会被我带得身体往后仰，那样她就会哭，因此虽然她很重，我还是咬牙忍住，轻轻地半蹲下来，将鱼肉满满地分装进十个保鲜盒中。

我可真是个标准奶爸，连我都有点佩服自己了……

不过由纪惠要是听到我这么说，肯定会大发脾气。又要回想起和她争吵的片段了，我赶紧摇了摇头。

无论如何，我现在要先集中精力做饭。

等她回来了，我可以跟她好好聊一聊。明天就是圣诞节了，这是一个好机会。

我把分装好的三文鱼片放进冰箱冷冻室后，总算可以歇一会儿了。不知不觉间，舞衣子已经睡着了。

这一次把她放到小床上，应该没问题了吧?

为了最大限度地减轻震动，我先坐到沙发上，轻轻解开肩膀上的背带，把她的身体从后面转过来，然后从正面将她抱起，蹑手蹑脚地走到小床前，小心翼翼地把她放在垫子上。舞衣子没有醒，就这么一直甜甜地睡着了。

太好了……

我为她轻轻盖好毯子。她的手脚微微一动，吓了我一跳，幸好没有醒。我又蹑手蹑脚地回到沙发上坐好。刚才一直下意识地憋着气，现在终于可以痛快地呼吸了。

我揉了揉已经僵了的肩膀和腰部，又按了按眼角。刚闭了下眼，马上就陷入半睡半醒的状态，我赶紧拼命瞪大眼睛。

不行。

现在可不是睡觉的时候。

因为明天是一个特别的日子。

我拖着沉重的身体站起来，得趁现在把能干的活儿都干完。我把刚收下来的衣服叠好，又把每个房间垃圾桶里的垃圾收好装进袋子里，然后用粘毛器把地毯清理了一下。

干活途中，我还得时不时轻手轻脚地走到舞衣子身边观察，看看她有没有脸朝下趴着，呼吸是不是还顺畅。确认没问题后，我再继续干活。

粘毛器的滚筒纸上粘满了头发、灰尘等杂物，脏兮兮的，撕了好几张都不够用。我也明白，因为有舞衣子在，不方便用吸尘器，可这也有点儿太过分了吧！虽然有些烦躁，但我手上的活儿并没有停。才一会儿没注意，屋子怎么就这么乱了？

房间收拾得差不多以后，我开始整理厨房岛台上堆得乱七八糟的广告邮件。绝大部分是关于婴儿用品的，不知以后什么时候就会用上，保险起见还是先留下来吧。其他关于网线安装或是有线电视介绍之类的，我都装进了垃圾袋。

一封地产广告的邮件引起了我的注意，是关于一栋新建公寓的介绍，收信人是由纪惠。我不知道她还动了搬家的念头。我们好不容易才在这里安顿下来——我内心稍微有些挫败感。但我还是打开信封，取出了房产介绍。

小册子上印着电脑软件勾勒出的街景、十二层楼高的公寓外观，以及时尚的内部装修效果图。公寓离这里大约是电车二十分钟的车程。距离车站有些远，步行需要十五分钟，不过公寓附近既有购物中心，也有保育园。房型主要是两室一厅，看起来很适合家庭居住。

我又重新打量了一下当前所住的这个房子。厨房、餐厅和客厅加起来大约二十平方米，客厅旁边连着一间不到十平方米的和室，卧室大约十二平方米。总面积五十五平方米，几乎没什么收纳空间，浴室也很小。不过这里的地理位置很好，距离车站步行只需五分钟，离超市也很近。

虽然我很喜欢这里，不过考虑到舞衣子逐渐长大，我们确实应该搬到一个更大一点的地方，哪怕通勤可能不那么方便。

我把公寓介绍和那些婴儿用品广告放在一起，其他的广告全都丢进垃圾袋。我拎着装得满满的垃圾袋来到玄关，七十升的垃圾袋已经装满了三个。

当然也是因为用了纸尿裤，垃圾一转眼就是一堆。我还是趁现在出去丢一趟比较好。

我看了一眼小床，舞衣子还在熟睡。虽然出去丢趟垃圾只要几分钟，但把她一个人留在家里，我还是有些不放心。不过，她好不容易才睡着，要是把她抱起来又得哭个不停，我可受不了。我还是快去快回吧。

我来到楼道里，锁好房门，两手拎着垃圾，坐电梯下到一楼。

夜晚的冷风刺骨，我有些后悔，应该穿件夹克出来的。我朝着公寓后面的垃圾站走去。

今晚没有月亮，外面漆黑一片。

虽然是平安夜，但周遭寂静无声，总感觉和平时不太一样，四周弥漫着令人毛骨悚然的氛围。

我放好垃圾袋，朝着楼门一路小跑。

我想尽快回去，舞衣子可能已经醒了，说不定正在大哭，又或许正在四处找我。光是想到这些，我就一阵心酸。

"爸爸这就回来了。"我自言自语道。就在这时——

我的后脑被硬物猛击了一下，顿时眼前一黑。

我跌倒在冰冷的水泥路面上，头疼得像要裂开一样，身体一动也不能动。

一阵耳鸣中，我听到了脚步声。有人就在我身边。

我得逃走……赶快。

我正要往前爬，头上忽然被什么东西蒙住了，我什么都看不见了。

舞衣子……

舞衣子……

我的意识逐渐模糊，最后浮现在我脑海中的只剩下舞衣子。

「以前不是有个病人，超级迷恋你吗？」

一想起那个人，我的心情立刻变得灰暗起来。

「でもほら、ひとり、かなりご執心だった人いましたよね」

その男のことを思い出すと、憂鬱な気持ちになる。

夜间查房每两小时进行一次。

我需要确认患者的病情是否出现变化，帮助不能移动的病人变换体位以防长褥疮，还要给病人换液，所以一直很忙碌。幸好这期间没有病人出现问题，我总算能松一口气，回到护士站。

我打算趁这会儿把看护记录写好，可刚一坐到电脑前，铃声就"嘀嘀嘀"地响起来。这次的铃声与平时的呼叫铃不同，吓了我一跳。我赶紧跑到中央监护器前，这里可以同时看到好几位病人的监护器画面，只见20号房病人的心率和血氧饱和度都显示为0。

20号房是一间双人病房，不过现在只住着一个人，实际上相当于一个单间。病人今天刚刚入院，病房里只有他一个人，所以发生什么意外的话很难有人发觉。我赶紧向 20 号房跑去。

山下一夫，四十三岁，离过婚，目前单身。两个月前刚做完肺癌 II 期的切除手术。目前处于术后体力恢复阶段，预计入院三周，以便开展首次化疗。明天化疗正式开始，需注意观察化疗的副作用及并发症 ——

我在头脑中回顾着交接表上关于病人情况的记录，以此平复自己的紧张情绪。可是，当我回顾到记录表上接下来的内容时，不由得更加紧张起来。

患者本人对化疗的态度十分消极，内心恐惧不安，经常抱怨"我还不如死了好"，情绪比较悲观。一定要注意密切观察，严防出现自残行为 ——

他该不会已经对人生彻底失望了吧，我脑海中已经设想出最坏的情况。

"山下先生，您还好吗？"

我拉开病房门，只见山下正坐在床上，面前摆着一台笔记本电脑。

"啊，不好意思。我知道现在已经过了熄灯时间，不过，有些工作上的邮件我必须处理一下。"

山下赶忙关上电脑，又准备去关灯。

"现在病房里只有您一个人，只要能保持安静，您晚点儿关灯也没关系。"

"太好了。哎呀，说是要处理邮件，其实我一封邮件都没收到。做手术那会儿，我休了三个星期，这次又要休三个星期。请这么长时间的假，恐怕公司里已经没有我的位置了。"

他自嘲般地笑了笑。根据病历上的介绍，他在一家家电公司做产品开发。

"对于公司来说，我现在就是累赘，我活着也没什么用。"

"您别这么说啊，其实您现在就是心里有些发怵。我们一步一步来，首先把化疗做完。"

"化疗真的有用吗？我觉得还不如干脆不治了。我既没老婆又没孩子的，根本没人等着我回去。"

"这……"

"说实话，我心里确实非常不安。检查完邮件后，我一直在看那些已经做完化疗的人写的感想。刚才我看有人过来查房，就赶紧装睡，我以为查完房就没事儿了，没想到刚把灯悄悄打开，就被发现了。"

"我可不是看到亮灯才跑过来的。"

"不是吗？那你为什么过来啊？"

"是这个。"

我指了指旁边的小桌。原本应该夹在他手指上的监测设备被他摘了下来，放在小桌上。

"它怎么了？"

"您在住院期间必须一直戴着它，住院时我们是不是这么跟您说的？"

"是这么说的，不过我刚才打字时嫌它碍事。这又不是输液的东西，摘一会儿应该没问题吧？"

"这个叫血氧仪，是用来监测您的血氧浓度和心率的。"

准确地说，应该叫血氧饱和度，不过说血氧浓度的话，病人应该更容易听懂。

"啊……不过刚摘掉这么一会儿你们就能……"

"这些数据会通过无线网络传到护士站的监护器上，如果数据出现异常，就会响起警铃。"

"也就是说……"

"刚才护士站的警铃一直在响。"

"原来是这么回事。对不起，我会戴好的。"

山下满脸歉意，他一边说，一边老老实实地将夹子一样的血氧仪夹在左手食指上。血氧仪的一侧嵌着红灯，所以他的指尖一下子就变红了。

"好像外星人一样。"

山下笑了笑。血氧仪的显示屏上显示：血氧浓度96，心率80。

"想一想真是不可思议呢。这么一个小东西怎么就能测出血氧浓度呢？"

"它能观测动脉里红细胞的颜色。"

"什么意思？血液肯定是红色的呀。"

"不可思议吧？肺里的氧气会跟红细胞当中的血红蛋白相结合，然后被运送到身体各处。红细胞具有与氧气结合后颜色变得更红的性质，因此，这一侧用光线照射后，另一侧的感应器就能测出动脉里变红与没有变红的红细胞的比例——也就是血液中的氧气浓度。"

"好有意思。不过，这不是要测动脉血才行吗？机器能分得出哪个是动脉哪个是静脉吗？"

"当然能分出来。动脉血是从心脏泵出流向全身的，也就是说，动脉血有明显的搏动性，因此，感应器能够感知到这是在动脉里流动的血。"

"我的妈呀！"

由于激动，山下的语气一下子变得有些轻佻，他赶紧换了一个词。

"这真是太厉害了。说句不好听的，就这么个小玩意儿，居然科技含量这么高。"

"是啊。血氧仪被发明出来之前，要想测量血氧浓度，必须一次次抽血才行。"

"那可真够费劲的。疼不说，采血结果也不能马上就出来啊。"

"没错。所以,这可是个划时代的大发明。"

"还真是的。"山下心悦诚服地望着血氧仪。

"而且,发明它的还是个日本人呢。"

"真的吗?"山下猛地探起身。

可能因为他本人也是搞产品开发的,所以对这个话题格外感兴趣。

"是一位日本科学家在 1974 年发明出来的。现在世界各地都有人在使用,是医疗领域不可或缺的监控仪器。很了不起吧?"

"这么早就发明出来了?比起原始的采血测血氧的方式,这简直是一个巨大的飞跃。真了不起,这等于改变了整个世界啊,的确让人激动。"

山下十分兴奋,与刚刚一副了无生趣的样子判若两人。

"护士,谢谢你。我受到了鼓励,我不会再这么消沉下去了,必须要努力才行。"

"那太好了。"

"这个故事真棒,下次我介绍项目时用得上。我可以用一下吗?"

"当然可以。我也是从护校学来的罢了。"

"原来如此。我说你怎么知道得这么详细呢。"

山下笑了一阵后，忽然冒出一句。

"化疗……我要不还是努努力。我感觉自己好像又有劲儿了，我还是得回去工作。"

"我们会全力支持您的。"

"嗯……好的。谢谢你。"

看到山下平静的面容，我放心地走出病房。

他终于可以积极面对治疗了，太好了。

跟病人聊一些他们可能会感兴趣的话题，鼓励他们积极配合治疗也是护士的一项重要工作。手上的技术固然重要，不过我觉得对于护士来说，像这样和病人进行精神上沟通的能力也不可或缺。虽然一边要处理职场人际关系，一边又要育儿，有时会搞得我疲惫不堪，但像今天这样，能够真切地感受到自己的工作是有意义的，我会非常开心。就是这样的时刻，让我很庆幸自己选择了护士这个行业。

像这种能够长时间与病人沟通的机会，还是上夜班的时候比较多。只有在大多数病人都已经睡了的情况下，我才能在一位病人身上倾注大量时间。

我想起来了。

刚上班那会儿，我也不光是为了拿夜班补助而积极上夜班的，主要是因为上夜班时的这些经历让我找到了工作的意义。难怪我那么积极地申请上夜班啊——当时的那股干劲儿复苏了，我一下子恍然大悟。

如今我每天忙着照顾舞衣子，忙得不可开交，甚至再也不想上夜班了。不过，以后等我不那么忙了，或许可以再找个带住院部的医院上夜班——我居然会产生这种想法，连我自己都没想到。说到底，我还是很喜欢护士这份工作的。

回到护士站，同事温子正坐在桌前填写备品采购单。护士们需要趁夜班时段尽可能地清点备品，缺少什么就赶紧订购。白班工作繁忙，根本没时间弄这些。

"护士长呢？"

"去吃饭了。"

温子高中毕业后就进了护校，因此，虽然年龄比我小，但工作经历比我还要丰富。不过，她跟我说话时总是很客气，是个稳重、有礼貌的孩子。

"等我写完报告就来帮你。"

我坐到温子身旁，将刚才与山下的对话简单地记录到电子病历上，以便大家信息共享。

"你真要辞职了吗？好舍不得你走哦。"

温子停下笔说道。

"谢谢你。不过我现在得照顾孩子，真是忙不过来了。我每天早上送她去保育园就得费半天劲，即使送去了保育园也无法安心，我家宝宝有哮喘，一发作就要马上过去接。"

"医院不是有职工保育所吗？你怎么不把孩子送来这里？孩子生病也不怕，休息时还可以过去看看，关键是上下班都顺路，不用特意接送，多好啊！"

"职工保育所？不行不行。"

见我两手一顿乱摆，温子不解道："为什么啊？这么方便。"

"我可不想在保育所里还要惦记着职场的人际关系。"

"啊……原来如此。"

"另外，咱们这儿很少举办才艺发表会啊、圣诞晚会之类的活动。可能有人觉得把孩子送到这里，上班就不用请假了，很方便。但是我觉得这里的活动有些单调，我还是希望能让舞衣子多玩一玩。而且，这里最大的问题是，不上班的日子是不能送过来的。"

"啊？是吗？那确实是不太好办。"

"再说这里并不是二十四小时的，轮到我上夜班时还得去找别的地方，要不就只能交给孩子她爸。当然了，就算他们是二十四小时的，我也不会送过去。"

"光是给孩子选保育园这一件事就够让人头疼的了。我是不是也得早做打算了啊……不过，我得先找到对象才行。"温子吐了吐舌头。

她有一双大眼睛，又长得特别可爱，即便做一些动漫人物的动作也很自然。为什么她会没有男朋友呢？我简直不能理解。

"我好想结婚啊，可就是找不到人。做护士的，简直就是10K。"

"嗯？不是8K吗？"

"我自己还得再加两K，'不能结婚''不能生育'。照这样下去，我只能断了结婚的念想了。"

"你可别这么说啊。温子，你现在还这么年轻，以后至少能生三个，怎么也得给少子化社会做点贡献啊。"

我这句话刚说出口就冒了一头冷汗，我这样说，搞不好会被当作职场骚扰。

"哈哈哈，你可真能乱说。"不过，温子并没有介意，反而大笑起来，"对了，三田，你有什么打算？准备要二胎了吗？"

"嗯，这个嘛，其实我现在正处于无性婚姻的状态。"

"欸？"温子将身体向后一仰，"多长时间了？"

"已经半年多了吧。"

"那可就谈不上什么二胎了。你老公不行了吗？"

"我觉得倒也不是。我老公是个医生，每天工作都很忙，压力又大，我觉得他可能也是天天累得不行，已经没那个兴致了。"

"这种情况的话，你就赶紧找医生开点相应的药，比如伟哥什么的，趁早解决。"

"不过，那玩意儿真有用吗？"

"当然有用啦。"

"啊，对了，你以前是泌尿科的对吧？"

"可不是吗 ——那会儿我每天工作时都要对着男性生殖器，真要命。我还是个没出嫁的黄花闺女呢！"她若无其事地笑了笑。

"不过，听说伟哥并不能增强性欲，只是对勃起功能障碍有效？"

"它确实没有增强性欲的作用，无法提升性兴奋度，它只能增加阴茎海绵体的血流。"

从事我们这种工作，聊到性话题时往往会自然而然地掺杂一些医学分析，因此，即便谈论的内容十分过火，甚至有些赤裸，也不会觉得这些话题猥琐。

"这样啊 —— 也就是说，吃完伟哥，只是会生理勃起。"

"不，吃完伟哥以后，如果不加以适当的刺激，也还是无法勃起。"

"啊，这样啊？"

"是的。用手也可以，反正必须再加以刺激。"

"原来还得这样。那就是说，还是需要本人有这个意愿才行。"

"你刺激他一下不就行了吗？这样至少能维持正常的性生活了啊，也能生孩子。"

"我还得求他吃药，这可太难了。而且可能会伤到他的自尊。我觉得还是得他本人有那个意愿才行。"

"也是，夫妻关系可真是不容易维护啊。谈恋爱的时候，两个人会拼了命地挤出时间欢好，可一旦住到一起，连触碰对方的身体都变成一种义务。这么看，我还是不结婚的好。"温子一副洞察一切的语气说道。

"不过，我真是不敢相信，你这么漂亮，你老公竟然能不动心？"

"我哪儿漂亮了？"

"你超美的好不好！好多医生都特别喜欢你呢。"

"怎么可能？"

"我说的是真的！而且，好多病人不也都是你的粉丝吗？"

"那叫移情。他们是因为住院期间意志比较薄弱，所以特别希望有人能够温柔地照顾他们，仅此而已。你误会了。"

"可是，以前不是有个病人超级迷恋你吗？"

"啊……"

一想起那个人，我的心情立刻变得灰暗起来。

那个人叫柿沼，年龄在三十五岁到四十岁之间。最初遇见他时，我还在外科病房工作。当时他因为足部骨折住院。他身材瘦削，脸色也很差，据说是骑车时掉进排水沟里摔骨折的。

一开始，他给我的印象就是一名很普通的患者，行为并不出格，虽然他时常会为了一点小事按呼叫铃，感觉有点神经质。不过，我猜这是因为他是第一次住院，心里比较害怕。

可过了一阵我发现，只有在我当值的时候，他才会频繁呼叫护士。而且即便有其他护士过去了，他也会继续按铃，一遍又一遍，直到我过去为止。

外科病房的护士长有些担心我，于是不再让我继续负责看护他，当他呼叫时，也尽可能换其他护士过去处理。但当他发现我不再迈入他的病房以后，他竟然一整天都坐在食堂里，因为那里可以直接看到护士站。他一直坐在那里，我走到哪儿，他盯到哪儿。只要我们的眼神对上一秒，他就会对着我熟络地微笑，或是用一副知根知底的样子对着我点头。每次都看得我不寒而栗。

最让我恶心的是，他偷走了我用过的一次性口罩。那天他又按了呼叫铃，因为人手实在不够，只能由我去查看状况。我刚一进病房，就看到他一副如愿以偿的样子，笑容满面地看着我。

他想让我给他讲讲他的脚骨现在处于什么状态，我说只有医生才能进行病情说明。于是他又问我普通的骨折怎样才能痊愈。没办法，我只能按照教科书上讲的内容，一一解释给他听。结果他又抱怨说我戴着口罩，听不清我讲话。于是我摘下口罩，放进制服的腰兜里，继续给他解释。

听我讲了一通后，他说他的腰有点儿疼，让我帮他换一个姿势。我走到床边，帮他换了一个姿势后，就离开了病房。我是回到护士站以后，才发现自己口罩不见了的。

口罩上肯定沾着我的口红和粉底，虽然不会太明显。当然，也会沾着我的唾液。光是想想他会用那个口罩做什么，我就感到一阵恶心。可是，因为我没有证据，也就没办法投诉。

终于等到柿沼出院，我才安心了没多久，他脚上的石膏都还没拆下来，就又住院了。这次是因为大腿骨骨折。听说是因为拄着拐杖没走稳，摔倒了。

"他这次是不是自己故意摔骨折的啊？"有一位护士对我说道。

"故意的？为什么？"

"他是不是为了见到你，想再次住院？"

"不要啊，你别乱说，太恶心了。"

我不相信他会做出这种事情来。不过，他这次骨折确实很令人费解。

他的大腿上有一大块瘀青，大腿骨也骨折了。可是，明明这次事故给他的大腿骨造成了如此巨大的冲击，他脚上的石膏却完好无损。

是的，就好像是他用锤子还是什么的，对准大腿骨用力猛砸了几下——

真是令人毛骨悚然，这样下去的话，我是无法安心工作的。他这次的伤需要长期住院，我去保安室咨询了一下，虽然他们的工作任务就是防止纠纷发生，但目前柿沼只是远远地看着我，他们无法采取什么行动。我也讲了口罩被盗的经历，但由于口罩不属于私人物品，所以也很难引起重视。

"那件事可真够恶心的。最后只好把我从外科病房调走才算解决了问题。"

我们正聊得起劲，呼叫铃响了。

"是我负责的病人，我去吧。"温子赶忙站起身，向病房走去。

我写完山下先生的病历后，继续填写温子刚才写的那份采购单。待采购的物品里包括雾化管，这是跟哮喘发作时要用到的超声波雾化器配套的。这种雾化管我自己家里也在用，所以我一下子就想到了舞衣子。

舞衣子的哮喘已经有阵子没发作了，不过今天天气非常冷，不知道她现在是不是很难受。

虽然还没到休息时间，但我还是悄悄溜进更衣室，取出手机。上一条信息已经显示为"已读"，但并没有收到新的信息或表情。

"舞衣子现在怎么样？她的哮喘没发作吧？"

信息发送出去，没有显示"已读"。他现在可能抽不开身。

"我有点儿担心她，回头告诉我一下她的情况。

发张照片也行。"

发完信息，我把手机收好，走出更衣室。

"三田，你这会儿有空吗？"

我回到护士站时，护士长已经结束休息，返回岗位。

"有空。"

"不好意思，能不能替我跑一趟儿科病房？"

"儿科病房？现在吗？"

"对。我想让你当一次圣诞老人。"

我还从未在这家医院的儿科病房工作过。不过我听说儿科有个传统，每年圣诞节的早上，孩子们的枕边都会摆放着礼物。很多医院会为住院的孩子举办圣诞晚会，但夜间分发礼物的医院我还从来没有听说过。

"今年住院儿童的数量比较多，而且原本应该今天上夜班的护士好像得了流感，请假了，所以他们那边人手不够。三田，你能过去帮他们分发礼物吗？"

"没问题，不过……我这边备品清理还没弄完。"

"那个放着我来弄，你赶紧过去吧。"

"好的。"

儿科病房在五楼，我搭乘员工电梯下楼时，心中有些不解。

这活儿用不着我，护士长自己去不就好了吗？比起繁杂的备品清理工作，装扮成圣诞老人分发礼物要轻松得多，护士长为什么特意让我去呢？

我来到儿科病房的时候，护士站里已经有两位护士戴好圣诞帽、披着圣诞老人的斗篷等在那里了。

"嚯！"其中一位护士一看到我立刻兴奋地喊道。

"哈哈哈，这可是真正的圣诞老人。"另一位护士也很开心地说道。

"欸？"我不知道她们是什么意思，不由得一怔。

"你不就叫圣诞老人[1]吗？"

其中一位指着我左胸名牌上的"三田"字样说道。

"啊，还真是的。我这个名字很适合过圣诞啊。我以前还真没注意到。"

"这样一来，跟那些大孩子也可以挺直腰板说，真有圣诞老人来过了。"

"我们确实没有骗人哦。"

她们俩相视而笑。

---

[1] 在日语中，"三田"的另外一种读音与"圣诞老人"一词相同。

"来，三田护士，赶紧把斗篷披上，把帽子戴好。要分发的礼物已经装在三辆小车里了，咱们一人一辆。每件礼物上都贴着便利贴，上面标好了房号与姓名，发的时候，千万不要搞错。"

"好的。"

护士站的一角放着三辆不锈钢小推车，里面装着满满的礼物，我不由得瞪圆双眼。

"这么多啊！"

"是啊。儿科一共有八十张病床，现在只有四张空床。"

"是吗……"

也就是说，伤病的孩子多达七十六位。一想到这些孩子圣诞节也不能和家人一起度过，我不由得感到一阵心酸。

每次看到那些身患重病的孩子我都会很难受，所以我一直不愿意被分到儿科。这还是我自实习结束以来，首次踏入儿科病房。

"你换好衣服后就赶紧过来吧。"

她俩推着小车发礼物去了。我赶紧披上斗篷，戴好帽子，推着装满礼物的小车，前往各个病房分发礼物。

首先要确认好姓名，然后取出礼物，悄悄走进病房，将礼物放在床前的小桌上，再搭配一张圣诞卡片——这些卡片应该是儿科护士们利用工作间隙亲手写的。有些孩子的小桌上会放着写给圣诞老人的信或自己画的画，看着孩子们写的"圣诞老人，您辛苦了"，我心头不由得一暖。

能够当一次圣诞老人也不错，不过我还是惦记着自己的科室，于是加快脚步，争取尽早完成任务。

终于只剩最后两件礼物。我看了看贴在礼物上的房号，上面写着"PICU"的字样。

儿童重症监护室——是专门收治危重症患儿的地方。

透过门上大大的玻璃，可以看到病房的墙壁上画着一大片蓝天、彩虹的图案，还有面包超人、史努比等各种可爱的卡通形象。为了能让孩子们尽量开心一点，他们肯定费了不少心思。

重症监护室里一共有五张病床，其中有两张床上躺着患儿。病床边摆满了各种大型仪器，上面伸出好几根管子，连在患儿弱小的身体上。

便利贴上标注着要将礼物转交给当班的护士。我敲了敲门，然后从窗口举起礼物示意，一名护士从病房里走出来。

一看就知道这名护士经验丰富，气度不凡。果然，她的名牌上写着护士长的字样。

"辛苦你啦。是从呼吸内科过来帮忙的吧？到底还是跟亚纪抱怨一下管用，马上就给我们派人过来了。"

"亚纪？您跟我们护士长很熟吗？"

"在护校我们二人是同学。今天我们科室真是忙得焦头烂额，都不知该怎么办才好了。真是太谢谢你了。"

"哪里哪里。今天能有机会当一次圣诞老人，我也很开心。"

"感觉很不错吧？能给小朋友们发礼物的，也就只有咱们医院了。"

"我觉得这个活动特别棒。"

"今年已经是第二十二年了。这个主意还是亚纪想出来的呢。"

"是吗？"

"可能是她自己生完孩子以后，再看到那些住院的孩子就会觉得他们特别可怜。尤其是圣诞节，对孩子来说更是一个不一般的日子。亚纪说，她一定要给孩子们留下一段美好的回忆，于是就跑去总务科亲自谈判。

"现在这个活动已经是这家医院的惯例了，可在当时却遭到了强烈反对。有人问如果孩子因为礼物受了伤，责任算谁的？还有人说不应该拿这些事情去给护士添麻烦。再就是预算问题，买礼物的钱到底应该由谁出？儿科病房要是住满的话，一共有八十人，这么多份礼物该由谁去买，又该由谁来保管？等等，都是问题。"

听下来的确是这样的，连我都觉得这个主意有点草率。

"不过，虽然那会儿亚纪还只是一个普通护士，什么职位都没有，她却拍着胸脯说，所有事情都由她来负责。她做好圣诞信箱，收集了孩子们写给圣诞老人的信，然后用心读懂孩子们的愿望，再去和孩子们的父母商量，准备好礼物，所有卡片都是她自己写的，最后她再装扮成圣诞老人，一个人去发礼物。

"圣诞节的早上，孩子们都特别高兴。以前大人们一直告诉他们，圣诞老人是不能进医院的，所以住院期间他们一直都在强忍失望。结果圣诞老人居然出现在了病房里，这下孩子们都乐疯了，就连打针、输液都不怕了。而且……过完年后，有个孩子去世了，那个孩子一直到临死之前，都在开心地念叨着'圣诞老人来看我了'，反复念叨了好多次。"

不知道是不是因为回忆起当时的情景，PICU 的护士长眼眶湿润了。

"还有这么一回事啊……"

"那次活动大受好评，而且还振作了孩子们对抗病魔的精神，所以从第二年开始，就被正式列入医院的活动项目，好像还被当成总务科的功劳。明明他们当时那么反对亚纪搞这个活动。可是亚纪说，只要孩子们开心就好，算谁的功劳都无所谓。她有时候真是有点太老好人了。"

我见识了护士长不为人知的一面。

"不好意思啊，耽误你这么长时间。今天辛苦你啦。"

PICU 的护士长回到病房后，我把已经空无一物的小推车送回护士站，然后将圣诞老人装束叠好放在车上。

我回到呼吸内科病房，护士长正在护士站里录入病人资料。

"护士长，我回来了。"

"好的，辛苦你了。"

护士长眼睛盯着电脑屏幕，头也不抬地说道。

"嗯……这是一次非常宝贵的体验。谢谢您。"

"不用客气。我只是希望你在辞职前，能够了解一下这家医院的传统活动。而且，你家里现在也有小宝宝了，希望能对你有一些帮助。好了，现在也没什么要忙的了，你赶紧去休息十五分钟吧。"

"好的。我先走了。"我低头鞠了一躬，然后走进更衣室。

我心中对护士长一直有诸多不满。她平时非常严厉，让我感到委屈的事情更是数不胜数。好多次我都想跑到合规部投诉她。这次辞职也是，要是她能多理解我一点，我肯定能坚持下去，一想到这里，我真是特别不甘心。可我又无法彻底讨厌她，可能就是因为她还有这样的一面吧。

护士长对自己的专业素养充满自信，也有很高的职业追求，她一直秉持这份信念，全力投入工作。虽然我不喜欢她这种工作方式，但护士长无疑是一位女超人。和她比起来，无论是工作方面，还是育儿方面，我都只是个半吊子。

我叹了口气，打开更衣柜的柜门取出手机。

雅之肯定已经给我发了无数条信息和照片，我不耐烦地打开手机。

"咦？"

我不由得叫出了声。

居然一条信息都没有，真是太罕见了。就连我的上一条信息也没有显示为"已读"。

距离我发上一条信息已经过去一个小时了。他是在专心做饭吗？还是已经睡着了？

该不会是舞衣子哮喘得厉害，他送她去急诊了吧？

"你在干什么？没事儿吧？"

信息发过去后，还是没有显示"已读"。

我开始紧张起来。我翻了翻通话记录，找到雅之的电话号码，拨打过去。

医院规定，工作时间内，哪怕是休息时也不能拨打私人电话，据说是为了防止泄露病人的个人隐私。不过现在我可顾不上那么多了。

回铃音响了，但没有人接听。

奇怪……

回铃音一直响个不停。

"三田？"

护士长忽然从更衣室门口探出头来。我急忙把手机藏到身体背后。

"急诊科那边马上要转过来一名病人。不好意思，你能去做一下接收准备吗？"

"好的。"

"要是担心你女儿，一会儿可以从病房那边打电话。"

护士长关门走了。我还以为她会狠狠地训我一顿，没想到她居然这么体贴。

虽然我还是放心不下舞衣子，不过我已经交代过雅之，万一有什么紧急情况，让他直接给护士站打电话。这会儿他可能是太累了，已经睡着了，所以我才联系不上他。估计他把手机调成静音了，好不容易才把舞衣子哄睡，要是被铃声吵醒就麻烦了。

一会儿再给他打电话吧。

我一边在脑子里默念着接收急诊病人入院的手续，一边走出更衣室。

*

振动与疼痛令我稍微清醒了一点，我知道我还身处一片黑暗之中。

我的头上被套了一个布袋之类的东西，导致我现在什么也看不到。有人拽着我的手腕，拖着我在地上走。虽然隔着一层衣服，但与地面的摩擦让我浑身火辣辣地疼。我想要翻个身，但自从头上挨了一下后，我到现在还有点头晕，腿根本使不上劲儿。

与此同时，我还感到呼吸困难。每次一喘气，蒙在头上的布就会贴到嘴上。布袋上沾满了唾液，越来越湿，愈发令我窒息，我赶忙大口大口地向外呼气。

　　我必须呼救。

　　必须让人发现我。

　　来人啊——

　　"啊！！"

　　我竭尽全力大喊了一声，但恐惧令我喉咙发紧，我甚至无法说出一个完整的词。尽管如此，我还是拼命地大声喊道。

　　然而，我头顶上方只传来一声不耐烦的咋舌声。接着，我的肚子上挨了一脚。我疼得将身体蜷成一团，根本无法呼吸。这时，蒙在我头上的布被掀开到露出嘴巴，一块毛巾质感的东西塞进了我的嘴里。

　　"哕。"我猛咳了几声，险些呕吐出来。

　　我的身体被向上拽了起来，肩膀、腰和腿都撞上了一个台阶似的东西。然后我被推倒在一块平地上，一直攥着我的那只手终于把我放开。

　　"机会来了！"我这个念头刚一冒出，两只手的手腕就被一根绳子捆在一起，然后那根绳子又被绑在了什么地方。我的脚也被重新绑了起来。

紧接着，一阵声音响起，似乎是汽车侧滑门关闭的声音。这是在车里吗？刚才的台阶挺高，又有侧滑门，那这辆车应该不矮，八成是辆小面包车之类的。

驾驶座那边的车门好像被打开了。然后是引擎发动的声音，汽车开动了。

他究竟要把我带去哪里？

我越来越恐惧，两手拼命想要挣脱束缚，但手腕处的绳结依旧毫无松动的迹象。拴住我手的绳子好像被绑在中央扶手上。在我挣扎的过程中，汽车猛地一个刹车，我的头顺着惯性撞到车门上，我又晕了过去。

再次清醒过来时，我被放置在一把椅子上。我的头仍然被布袋蒙着，什么也看不见。我感到一阵天旋地转，仿佛身体一直被什么东西带着转个不停，让我头晕恶心。

我的双手被绑在身后，双脚则分别被绑在左右两根椅子腿上。

我要被冻僵了。

椅子应该是铝制的，寒气扩散到我的全身各处。出门倒垃圾时，我以为自己很快就能回去，所以只套了一件运动衫，照这样下去的话，我非冻死不可。

我脚上总算穿了袜子和帆布鞋，没穿拖鞋出门真是万幸。尽管如此，我的脚指头也被冻木了，已经失去了知觉。

我不由自主地浑身打战，每次颤抖都令绑在身后的手腕剧烈疼痛。我两手探了探牛仔裤的后兜。我的手机应该在兜里，可现在什么也摸不到。不用问，肯定是被拿走了。

为什么要这样对我？

我现在到底在哪里？

这里虽然很冷，却没有一丝风。肯定是在室内。我用鞋底感受了一下地面，很硬，很平。至少不是土地，也没有铺着地毯。从地面的硬度以及不断渗出的冷气来看，应该不是木地板，八成是水泥地。

我竖起耳朵仔细分辨四周的声音，但什么也听不见。

水泥地面、密闭空间、鸦雀无声。

——这是地下室吗？

我不由得咽了下口水。

在这牢狱般的地下室里，我的头上蒙着布袋，身体被绑在椅子上。我的脑海中已经清晰地勾勒出自己现在的模样。

就算大声呼叫，肯定也没人能听到我的声音，没人会发现我的存在。

就这样，一直……

我一想到可能会冻死在这里，永远没有人发现，恐惧之情油然而生。

我刚才还待在一个温暖的房间里，哄舞衣子睡觉、做饭、收拾屋子，虽然有些辛苦，但一片祥和。怎么一下子就——

啊，舞衣子。

舞衣子没事吧？

那个打了我一顿，又把我带到这里来的家伙，现在究竟人在哪里？该不会是返回公寓去找舞衣子了吧？

我下意识地尖叫起来。

然而我的声音全都被毛巾吸收掉了，传到耳中的只有一阵含混不清的呜咽。

我前后左右地晃动身体，结果连人带椅子一起倒在了地上。我手脚并用拼命挣扎，绳子却越绑越紧。

舞衣子、舞衣子……

毛巾紧紧地堵着我的嘴，我抽泣起来。

我怎么样都无所谓。

只要舞衣子能……

突然，开门的声音响起，有人走了进来。

"喂喂喂，怎么倒下来了？"

一个低沉着嗓音的男声离我越来越近，听上去说话的人似乎不太愉快。

男子咋了咋舌，粗暴地将我连椅子一起拽起来。听脚步声，他好像离开了几步，坐在另一张椅子上，好像就坐在我对面。我先是听到一阵塑料袋打开的"哗哗"声，接着是一阵"吧唧吧唧"的咀嚼声，最后是易拉罐被打开的声音。他好像在吃喝东西，四周弥漫着一股暖暖的咖啡香气，看样子他刚才应该是去便利店或是什么地方买东西了。

这样的话，那舞衣子或许还是安全的。

我心中又燃起微弱的希望。

男子悠闲地吃着东西。

"五一寄拉？"毛巾堵着我的嘴，我从喉咙深处拼命挤出一丝声音。

我想说的是"舞衣子呢？"。

男子的咀嚼声停下来。

"你说什么？"

"五一寄……"

"等一会儿。等我吃完饭再搭理你。"

男子继续慢悠悠地吃着东西，似乎故意想要让我着急。我别无他法，只能一动不动地等他吃完。我唯一放心不下的就是舞衣子。这个人是谁？他为什么要这么做？这些问题现在都不重要——只要能让我知道舞衣子平安无事。

什么东西被团成一团的声音。这团东西被扔到地上的声音。吞咽咖啡的声音。接着是站起身的声音。

脚步声离我越来越近。他的脚步声不太稳定，好像是拖着一条腿在走路。他停在我面前，我不由得浑身一凛。他一把抓住我的头发，"嘶嘶嘶"，我不由得喊出声，以为自己又要挨打了——结果脸上忽然感到一阵凉意。

原来是他摘掉了蒙在我头上的布袋。摘掉布袋后，四周仍一片漆黑，但我隐隐约约看到一名男子的身影。

男子粗暴地将毛巾从我嘴里拽出，我的肺里猛地涌进一股气流，我忍不住剧烈地干呕起来。口腔中弥漫着鲜血的味道，由于刚才一直紧紧咬着毛巾，我的牙齿又麻又痛。

"舞衣子呢？舞衣子怎么样了……"

我的嘴巴已经彻底麻木，但我还是尽量吐字清楚地问道。

"舞衣子？啊，是你女儿吧？"男子愉快地笑了笑，"不用担心，我什么也没干。我对她没兴趣。"

啊，太好了——

"那么说，舞衣子还在家里？"

"谁知道呢？我只是把你从公寓楼下绑来。如果那会儿你女儿在家，那现在应该还在家吧。"

看来舞衣子应该还在家里。

不过——

一想到才刚一岁的孩子自己一个人被丢在家里，我又开始忐忑不安起来。万幸的是，她现在正躺在婴儿床里睡觉。幸好没把她放在榻榻米上，她已经能四处爬了，手里拿起什么都会往嘴里放。婴儿床四周没有任何危险物品，就算她扶着东西站起来，也没有床的围栏高，应该也不会掉下去。

尽管如此，她醒了以后要是发现身边没有人，肯定会一直哭个不停。而且她马上就该饿了。厨房里有做到一半的奶油炖菜和三文鱼焗饭，要是能喂她吃点就好了，奶也该喂了。纸尿裤需不需要换？加热器不知道关没关？煤气炉是不是开着？如果地震了怎么办？啊，要是她吐了，呕吐物可能会造成窒息。不过，我最担心的还是她的哮喘，虽然最近一阵已经好多了，但万一哮喘发作了呢？

舞衣子第一次哮喘发作是在出生后的第三个月左右，哮喘导致发绀，被送去紧急就医。从那以后，我们在家里准备了超声波雾化器，可以给她做药物雾化吸入。她一岁以后，体力越来越好，哮喘发作的间隔时间也越来越长，最近已经基本稳定下来。不过现在入冬了，不知什么时候还会发作。

如果我不在的时候，舞衣子的哮喘严重发作，可能会危及性命。

我必须尽快赶回去——

"我女儿现在可能有危险。求求你了，让我回家吧。"

男子默默地望向我。

我的眼睛已经逐渐适应了黑暗，大致能看出这名男子的容貌。他完全是一个陌生人，我以前从未见过他。

我究竟对他做过什么？我绞尽脑汁回忆，却什么也想不起来。

"为什么……你为什么要这样做？"

男子面不改色地盯着我，一动不动。我完全猜不透他在想什么。

他的眼窝凹陷，脸颊瘦削。虽然身上穿着一件厚重的羽绒服，但从领口处可以看到他脖子上青筋暴起，身材肯定很消瘦。他的头发有点长，但很稀疏，十分显老，而且目光浑浊，眼神涣散，看上去很不健康，甚至令人感到毛骨悚然。

他做了这么多事情，但从他身上完全感觉不到活力。真的是这个人把我打晕，再把我拽到这个地方来的吗？

如果他的目标不是舞衣子，那我能想到的就只剩下钱了。他可能知道我是个医生，以为能以此要到一大笔钱。不过我现在还处于研修医后期，工资并没有那么高。

"多少钱？"

男子的肩膀抽搐般地抖了一下。

"多少钱你能放我走？不，你要多少钱我都给你。现金也行，卡也行。我的信用卡你拿走好了，我把密码告诉你，只要你放我走。我不会报警的，绝对不会，我跟你保证。所以……"

"跟我保证完了你就真不报警了吗？不可能的吧。我每次看到新闻里那些落网的家伙就在想，他们怎么那么蠢呢？"

男子的嘴唇好像漏风，说起话来好多地方都听不清楚。

"如果不报警，双方私了，根本就不会有人知道。说不定很多人都是这么干的。"

"欸?"

他好像没听懂我的意思,过了好一会儿才恍然大悟。

"噢,是这么回事啊。如果私下解决了就不会闹上新闻,那样的话,除了当事人根本就不会有人知道出过事。哈哈哈。"

男子笑得双肩耸动。

"我不要钱。我的目的不是钱。你那些银行卡、信用卡,对我来说毫无价值。而且,这些东西你现在根本就没带着,不是吗?你不过就是出来丢趟垃圾而已。"

男子的喉头"咕噜噜"一通乱响。

"要说起来我可真是幸运。我本来在那里等着,想有人进去时跟着混进去,没想到主角自己登场了。省得我费事了。"

男子大笑起来,他嘴巴里看上去比四周的黑暗更为漆黑,牙齿只有稀稀落落的几颗。难怪刚才他会发出那么大的咀嚼声,说话不清不楚的谜也解开了。

他身上有一股僵尸般的不祥气息,人虽然活着,却腐败不堪。有那么一瞬,我真的怀疑他是我以前死去的病人复活了。

——病人？

我一下子如梦初醒。这个人说不定是我的病人。

我每天在门诊要接待好几十位病人，还要负责给住院的病人查房。说实话，我不可能记住每一位病人的长相。

不是我现在的病人，就是以前的病人——这总不会错了吧？

他是对我有什么不满吗？是我当时误诊了？还是他身体恢复得不理想？又或者对治疗方案有意见？医疗过失？医疗事故？

——我脑海中不断回忆着以往发生过的医患纠纷。

"如果有什么问题，医院一定会负责的！"我卖力地解释道，"只要你提出申诉，医院一定会对每一步都进行详细调查，最后以你能接受的方式取得和解——"

"啊？"他不高兴地皱起眉头，"什么申诉、和解的，你什么意思？"

"不是，我的意思是——"

"你是不是有什么误会？"他嘲讽般地笑了。

的确，我不过区区一介研修医，绑架我毫无意义，又没人会为我付赎金。他的目的既不是金钱，也不是要对医疗结果进行抗议，那能让他如此破釜沉舟的动力就只剩下巨大的仇恨或憎恶，无法用金钱解决的、难以弥补的问题。这样想来……

"难道 —— 您是病人遗属？"

"啊？"

"我自认在诊疗过程中对病人全心全意，我也相信自己没犯过什么错误。尽管如此，经我治疗的病人还是有可能去世，这完全是出于不可抗力或是难以违背的自然规律，不能怪我。"

"啊啊。"男子好像终于听懂了我的意思，"你这家伙，莫非是个大夫不成？"

原来他不认识我？

那为什么要 ——

"那你和由纪惠也是在医院里认识的喽？"

由纪惠？

这家伙认识由纪惠？

可能是我的表情太过错愕，男子一副饶有兴趣的样子。

"你总算搞懂了我的目的吗？"

"是为了由纪惠吗？"

"喂，别人的女人，你不要叫得那么亲热。"男子厉声说道。

"你说什么呢？由纪惠是我的 ——"

"由纪惠是属于我的。"

"等……等一下。你是由纪惠的什么人？"

"我是她的灵魂伴侣。"男子一脸陶醉地说道。

"我第一眼见到她的时候就知道，她是我命中注定的伴侣。她也跟我表达过同样的心情。我们之间什么也不用说，我就能知道她在想什么、她希望得到什么。无须言语，只须看着她的眼睛 —— 不，连看都不用。事实上，她现在虽然不在我的身边，但一直在跟我倾诉。"男子眼睛望向半空，神情激动，口中滔滔不绝。

"我这么做也是出于由纪惠的请求，她说她的丈夫很碍事，只要她的丈夫消失了，她就能跟我在一起。收到她发给我的信息后，我马上用可以拍照的无人机去拍了你的照片。我从阳台窗户那儿经常看到你抱着女儿的样子。"

他的话前言不搭后语，很明显，这家伙的脑子有问题。

无论如何，我得先想办法从这里脱身。快想办法！好好想！

不知什么地方响起振动的声音，房间的一个角落忽然亮了起来。光源随着振动一点点移动。我过了一会儿才意识到那应该是手机。

振动伴有一种特殊的节奏。那是我的手机。因为怕吵醒舞衣子，我将手机调成了振动，不过为了分辨由纪惠的来电，我将她的来电提示设置成一种特殊的振动节奏。

由纪惠绝对不会想到，我正被一个陌生男子绑架并监禁在这样一个地方。她肯定以为我现在正在温暖的家里做炖菜。

振动停止后，手机屏幕暂时还没转暗，四周的景象显现在我眼前。墙边架着一个吧台，我的手机好像就放在上面。

地板上凌乱地摆着几张小凳子，一张矮桌，还有一个类似卡拉 OK 机的设备以及坏掉的扩音器。天花板上的照明灯已经破碎，地板上撒满玻璃碎片、纸屑和各种垃圾。

墙上只有一扇门，门上没有窗户，透过门缝只能看到极其微弱的光亮。

这里以前可能是个酒吧之类的地方。有卡拉 OK 机，说明这里的隔音效果非常好。此时就算我大声喊叫，肯定也不会有人听见。

我竖起耳朵仔细倾听，完全听不到外面车辆和行人的声音，被人发现的可能性恐怕也极小。这个地方用于监禁，真是再合适不过了。

察觉到自己愈发绝望后，我赶忙振奋起精神。

不能放弃。

我一定要再见到舞衣子。我一定要再好好抱一抱她。

舞衣子——

不知道她现在是不是在哭？

肚子饿不饿？

纸尿裤是不是已经满了？

哮喘有没有发作？

处在当下回望过去，和舞衣子一起度过的那些时间仿佛一场幻梦。

我好想她。

只要能从这里出去，只要能再抱一抱舞衣子，我别无他求。

我咳嗽不止，泪流不停，脑子里全是舞衣子的身影。

"你怎样才能放我出去？"

"无论你干什么，我都不会放你出去。"男子斩钉截铁地说道。

"你的目的不就是由纪惠吗？那你俩在一起好

了，我退出。舞衣子有哮喘，冬季特别容易发作。我求求你了。你要是马上把我从这儿放出去，你和由纪惠——"

"哮喘？你女儿有哮喘吗？"

没想到，他竟然担心地皱起了眉头。

"我小的时候也有哮喘，总得随身携带强效喷雾器。上体育课时，跑完步我就喘不过气来，还曾晕倒在地。哮喘可真够难受的。"

"没……没错，可能还会出人命。这种病非常危险，你肯定是了解的吧？"我好像看到了一丝光明，拼命地附和着他。

"啊，我知道……你刚才是不是说你会离开由纪惠？这是你的真心话吗？"

"当然了。只要你放我回家，我保证。而且，这件事我绝对不会告诉任何人。"

"是吗？那这样的话……"男子的声音变得柔和起来。

啊，有救了——

"我开玩笑的。你真以为我会相信你说的话吗？"男子一脸鄙视地嘲笑道。

"大叔，亏你还是个大夫，怎么这么蠢呢？"

男子拖着一条腿，走到矮桌旁。他从桌上拿起一个细长的东西。

"我为什么会把你的头套摘下来？为什么会让你看到我的脸？还不是因为我根本没打算让你活着离开这里。"

男子一步一步向我走近。

手机振动声再次响起。借着手机屏幕的光，我看到了男子手中握着的东西。

锋利的刀尖，闪闪发亮。

——果然是出事了吗？

——やっぱり、何かあった？

病人从急诊转到住院部之前，需要做的准备工作繁杂如山。我赶紧回到护士站，查看电子病历。有了这个，就能够即时调取病人在急诊科的就诊记录，十分方便。

　　中野梨沙子，四十二岁，女性，有支气管哮喘的既往病史。

　　今天中午时分出现发热症状，体温 37℃，呼吸不畅。患者本人认为是哮喘发作，吸入支气管扩张剂后未见改善。零点，体温高至 38.9℃，一度陷入呼吸困难，后有所缓解，因家住医院附近，所以徒步前往急诊科就诊。

　　流感检测结果为阴性，肺炎球菌及军团菌的尿检结果均为阴性，两周内无出国史。X 光结果显示肺部及胸膜有阴影，患者主诉胸部及背部剧烈疼痛，考虑肺炎并发胸膜炎。

患者有受孕意愿，正在接受不孕治疗（体外受精）。受精卵移植已完成，有可能已怀孕，因此不希望做CT检查。如使用抗生素后仍未见改善，可考虑CT检查。

我点击屏幕上的"预约检查"图标，病人已完成血培养、痰涂片革兰氏染色和PCR检查。有些检测结果需要再等一段时间才能出来，确定病原体更需要好几天。

这样的话，还是先准备病房吧。四人间还有一张空床，不过里面的病人年龄都比较大，免疫力不太好。现阶段还不清楚患者具体是哪种疾病，还是选择别的病房比较稳妥。目前有一间双人房还没住人，先让她住这间吧。

我从布草间取出被单、枕套等床上用品，向病房走去。我先确认了房间是否已经打扫干净，备用物品是否齐全，然后又检查了呼叫铃、电动床的功能，整理好床铺，并将写好姓名、性别、主治医生等信息的标签插在床头。

回到护士站，我正在给住院病人专用腕带上印字时，急诊科护士推着轮椅从电梯里走出来，坐在轮椅上的正是梨沙子。

梨沙子看上去呼吸十分困难，气息微弱。

"房间已经准备好了，您马上就可以躺下休息。"

为了迁就轮椅病人，我蹲下身说道。梨沙子轻轻点了点头。急诊科护士继续推着轮椅，我则推着一辆装着笔记本电脑和医疗器具的护士推车，一起走向病房。

急诊科护士和我一起将梨沙子扶上床躺好。我把输液瓶挂到输液架上后，又跟急诊科护士确认了病人的挂号证、病历本、病房记录等文件。交接完毕后，急诊科护士飞奔出病房，可能急着去处理下一位病人了。

躺在病床上的梨沙子呼吸愈发困难，我帮她将病床稍微摇高，又把枕头给她放好。

"啊啊……舒服点儿了……谢谢你。"梨沙子虚弱地笑了笑。

"挺不好受的吧？我再稍微耽误您一点儿时间，实在抱歉。"

我把印有梨沙子姓名和条码的腕带套在她的左手腕上，然后给她的指尖夹上血氧仪。测量完体温和血压后，我开始询问病史——包括她自己与家人的既往病历、过敏史，以及接种过哪些疫苗等信息。不过，由于她开口说话都很困难，因此我只询问了一些现阶段最需要的信息，具体情况还是等明天再说。跟白班护士交接时，一定要把这一点交代清楚。

"今天您是一个人来医院的吧？洗漱用品、换洗衣物和日用品这些，回头有人给您送来吗？"

"有的……我丈夫会过来。"她表情痛苦的脸上浮现一抹柔和的微笑。

"您先生现在可以过来吗？"

"不行啊。我们家里还有个六岁的儿子，我先生要留在家里照顾孩子。我今天就这样睡了，他说明天把孩子送去幼儿园以后，跟公司请个假就过来。我俩都没想到会需要住院，所以他也吓了一跳。我这一不在家，儿子好像哭了。"

"是吗？孩子才六岁，妈妈不在身边，肯定很害怕。"

患者丈夫早上会来医院——我的病历刚打到这里，忽然感到有些奇怪。入院记录上不是说她希望受孕，正在接受不孕治疗吗？

"我是第二胎不孕。"

梨沙子可能察觉到我的困惑，对我解释道。

"啊，原来是这么回事。"

同样是在盼望二胎的妈妈，我感到的却并非亲近，而是羡慕。正在接受不孕治疗，说明她丈夫也有想要二胎的意愿，而且愿意配合，他们的婚姻状态与我的无性婚姻截然相反。

刚刚她提到"我丈夫会过来"时，脸上的表情看起来十分幸福。而她丈夫发现妻子紧急住院后，也能继续照顾孩子，第二天把孩子送去幼儿园后，还会请假过来探望她，这说明他们彼此都深爱着对方。

如果是我紧急住院了，雅之能不能也有同样的表现呢？

"我们第一个孩子是自然出生的，可从那以后，我就再也没能怀孕了。这已经是第五次将受精卵移植到子宫了。本来我以为这次一定会顺利的，没想到却患上了肺炎。要是我现在已经怀上了，不会对孩子有什么影响吧？"

"医生现在开的药都不会影响胎儿，您不用太过担心。主要还是得先把自己的身体调养好。明天早上，主治医生会过来，您有什么担心的问题都可以问他。"

我在护士能够解答的范围内尽量做出了解释，梨沙子点了点头。

"对了，在确定怀孕前，我每天都要服用激素，隔几天还得打针。这些药明天也让我丈夫一起带过来吗？"

"就是说您有自备药，是吧？好的。明天请您把药交给护士，只交药就行。"

我们需要对病人的自备药品进行严格管理，以防与病人住院期间服用的药物重复，或是产生拮抗作用。明天一早还要请院里的药剂师过来一趟。

询问完病史还要向病人提示住院期间的注意事项，不过，为了能让病人尽早休息，我决定趁她做雾化时顺便一起讲。

雾化器能够将药液以气雾状喷射出去，我把仪器安装好，让梨沙子咬住导管头上的咬嘴，开启雾化。雾化结束的提示音响起，那些注意事项我也刚好讲完。

"您有什么问题的话，可以按铃呼叫我。祝您晚安。"

看到梨沙子安心闭上眼睛后，我离开了病房。

回到护士站，我将自备药管理需求添加进电子病历时，忽然想到院里有一位药剂师曾经参与过不孕治疗。有他在，梨沙子的问题最容易得到解答，病人也会更安心。虽然不知道明天他当不当班，我还是在病历里加了一条，希望能够请那位药剂师负责跟进。

紧急收治住院病人的工作总算告一段落。我痛快地伸了个懒腰，转了转肩膀，放松一下。

医院里会遇到各种各样的病人，即便他们因为同一种病入院，各自的背景情况也不尽相同。有些人可能正在接受不孕治疗，有些人可能会有过敏物，这就要求护士每次都要根据实际情况进行判断，灵活处理。因此，直到现在，要接收病人住院时我还是会感到紧张，每次都累到不行。

护士长手里端着一个银色的脸盆，她看到我后招呼道："病人接收完了？"

"是的。"

"那你去歇息一下吧。"

"是有人要吐吗？我来帮忙。"

"这儿不用你，你赶紧趁现在歇一会儿。"

"好的，谢谢您。"

望着护士长快步走远，我翻了翻护士站的留言簿，并没有雅之打电话过来的记录。

回到休息室之前，我悄悄去更衣室取出了手机。我坐在沙发上，满怀期待地打开手机，然而，我发出的信息仍标记为"未读"，既没有收到新消息，也没有来电记录。

"拜托了，我很担心。请尽快与我联系，哪怕就一句话也好。"

我一边祈祷着他能看到这条信息，一边按下了发送键。等了一会儿，还是没有任何反应。我反复拨打雅之的手机和家里的电话，一直都没人接听。

——果然是出事了吗？

我一遍遍地留言，留言数量可能已经超过了上限，电话无法再转接到语音信箱。

还是没人接听。拨号铃响到一半时，我把电话挂断，一把将手机扔到沙发上。

啊，我该怎么办才好？

我双手捂着脸，深深地叹了一口气。

"三田，不好了！"

温子上气不接下气地跑进休息室，面色惨白。

"怎么了？病人病情突变了？"

"不是，不是病人……是你女儿。"

"……舞衣子？"

"对。"

"舞衣子怎么了？是雅之打电话过来了吗？"我赶忙站起身，跌跌撞撞地跑出休息室。

"不，不是电话，是救护车送过来的。"

跟在我身后一路小跑的温子说道。

"什么？"我一下子面如死灰。

走进护士站，只见护士长面色凝重地站在那里。

"你赶快去急诊科，舞衣子现在情况很危险。"

危险？

是哮喘严重发作吗？

怎么会？雾化器呢？

"啊，对了……我丈夫呢？"

"你丈夫也在下面，赶紧去吧！"

我跑进电梯，一转眼就来到急救室。

舞衣子躺在病床上，脸上血色全无，明显已经陷入昏迷状态，呼吸衰竭。她的嘴唇、指尖全都变成了紫色，一看就知道这是发绀症状。

"由纪惠……"雅之站在一旁，两眼通红。

"怎么回事？怎么没人抢救她？"我心里极度恐慌，一把推开雅之，来到舞衣子身旁，"赶紧去叫医生啊，她这么下去就危险了！舞衣子，能听见我说话吗？我是妈妈啊。你快醒醒，不怕，马上就会好的。"

我不断呼唤着舞衣子，可她毫无反应。

"三田 ——"不知什么时候，护士长来到我身后。

"护士长，他们为什么把舞衣子放在这里不管？医生什么时候过来？"

"三田，你坚强一点。"

"舞衣子！舞衣子！"

我一把抱住舞衣子，不断晃动她的身体。

"希望你能接受……你女儿已经……"

"你骗人！不要啊！"

我正大声哭叫的时候，一下子睁开了眼睛。

我的身体仍坐在休息室的沙发上。

——原来是梦啊。

我重重地呼出一口气，整个人深深陷进沙发里。

肯定是我累得睡着了。

虽然医院里很冷，但穿着毛线开衫与制服的我仍出了一身汗。

话说回来，这个梦也太真实了。我的手臂上还残留着怀抱舞衣子时的感受——她肌肤的柔软，以及身体的冰冷与沉重。

手机仍握在我的手里。还是没有任何回信，没有电话留言，我发的信息也没有显示已读。

回到护士站，我又看了看留言簿，仍然没有雅之的消息，于是我下定决心，要申请外出一趟。

我相信雅之和舞衣子只不过是睡着了，睡得很死。不过刚才那个梦令我产生了一种不祥的预感，始终难以释怀。

现在是半夜两点，距离我下班还有六个半小时。打车回家单程需要三十分钟。我抓紧出发，看一眼他们怎么样了就回来——

出租车费用往返需要一万日元以上。

现在居然还有心思担心车费，说明我自己心里也清楚他们不会有事。

不过，我还是要请一个小时的假，哪怕这样会给人添麻烦。看看舞衣子熟睡的小脸，把雅之从睡梦中扇醒，质问他为什么要害我浪费这笔出租车费用——我从心底盼望着回去后能看到这番景象。

护士长可能会生我的气，不过，我不在乎。因为对我来说，舞衣子更为重要。请假的这段时间，我会在早上交班后留下来，多干一会儿补上。

我四下寻找着护士长，想要跟她直接交涉。

护士站、食堂、布草间、仓库……到处都不见她的人影。我想用院内呼叫器呼叫她，可拿起来后又有些犹豫，毕竟这是私事。就在这个当口，呼叫器响了——是护士长。

"我正好想找您说点儿……"

"有事回头再说。你赶紧推着小车到 35 号房来一趟，紧急！"

不等我回话，护士长就挂断了电话。

35号房住着一位男性，七十岁，名叫南泽，正在接受肺炎治疗。病人主诉发热、咳嗽。本来病情不算严重，来几趟医院就行，用不着住院，但考虑到老人行动不便，保险起见，还是收了住院。现在他已经退了烧，炎症也逐渐得到控制，应该快要出院了。

我赶到病房时，看到护士长正站在南泽的床边。

血氧仪上显示的心率和血氧饱和度都没有问题。护士长却面色凝重地将手放在病人胸前，眼睛看着自己的手表。

"你稍等一下。"护士长说完，又保持同样姿势待了几十秒，应该是在计算时间。

"一分钟二十三次，还是有点快，而且还比较浅。"护士长抬头看了看我。

"呼吸吗？"

"对。交接单上没有特别提到呼吸次数，昨天是什么情况？"

护士长将血压仪的绑带绑在病人胳膊上，一边按压送气球，一边问。

"我看一下。"

小车上有笔记本电脑，我打开电子病历，确认数据。

"二十。"

"昨天还是没问题的。"

送气球里的空气被送进绑带，等了几秒后，护士长松开送气球。

"低压五十四，高压九十。"

我连忙将数据录入电子病历。

"他本来血压就低，所以这个数值倒也算稳定，不过……我还是有点担心。"

通常对于老年人来说，呼吸次数低于二十次，或是高于二十五次就要怀疑可能出现异常。不过这位病人现在并不属于这种情况，而且考虑到肺炎的影响，呼吸稍快或稍浅应该都属于正常范围。

"我刚才就一直说，我没事。"南泽有些尴尬地笑了笑，"我确实是有点儿胸闷，不过我以前也得过肺炎，那次可比这次难受多了。这次是每天都见好，没事的。"

但护士长仍一脸凝重："你去把当班的医生叫来。"

"好的。不过，我该怎么跟医生……"

"你就说担心病人会出现肺血栓。"

南泽惊讶地眨了眨眼。

肺血栓确实非常严重，但我不清楚护士长判断的依据是什么。尽管如此，我还是拿起呼叫器，将情况转达给当班的丸桥医生。几分钟后，他睡眼惺忪地赶到病房。

丸桥医生是从东京市中心的医院被挖到这家医院的，平时一遇到什么情况，他就会轻蔑地说："你们这种小地方的医院就是这样。"说实话，我很怕和他打交道。

"南泽先生，您怎么样？没事吧？"

"哎呀，我也没什么特别难受的……我一直说自己没事，可是……"

南泽不好意思地缩紧肩膀，无论是对丸桥，还是对护士长，都是一副很过意不去的样子。

"哦，是吗？"

丸桥看了看电脑上的病历。

"护士长，跟我到外面来一下。你也来。"

他把我和护士长带到走廊上。

"病人的生命体征不是没问题吗？白天拍的胸片和心电图我也看了，都没问题。凝血指标和D-dimer[1]也都在正常范围内。"丸桥的态度明显有些急躁。

"他呼吸过快，所以我很担心。"护士长回答道。

1　D-dimer 又叫 D-二聚体，是用来排查血栓栓塞性疾病的检查。（编者注）

"不就二十三次吗？我可是因为听说他是肺血栓，才一路狂奔过来的。"

"可我就是很担心。这很可能是个危险的征兆。"

"你的依据是什么？"

"因为我以前也遇到过一个同样情况的病人。那个人在半天后血压急剧下降，主诉胸痛，结果一检查，在肺里发现了血栓。在我看来，南泽先生现在的症状与那位病人一模一样。我觉得还是 CT 检查一下比较保险。"护士长不肯退让。

"在你看来……喂，要是给病人开了一堆没用的检查，最后挨骂的可是我们这些医生。"丸桥哼了一声。

"我说，你也觉得没问题吧？"他一上来就强求我同意，让我有些不知如何是好。

"从数值上来看，可能确实没什么问题，不过，护士长的意见也很 ——"

我有些慌不择言，丸桥不耐烦地打断我。

"好了，你不用说了。我就不该问你。这家医院里净是些没用的护士，尤其是你。上次我开完药，就是你给搞错的对不对？什么成绩都没做出来就要辞职？也好，你辞职倒是好事，给我们减少了个累赘。"

有些医生确实非常狂妄自大，不过，合规部最近对职场歧视发言的认定越来越严格，敢当面口出恶言的人已经少多了。虽然我已经不是小孩子，但听到别人说自己"没用""累赘"，还是忍不住想要掉眼泪。我低着头一言不发。

"这家医院里，没有一位没用的护士。"我身边的护士长斩钉截铁地说道，"尤其是我们科的护士，全都是院里顶尖的人才。当然，这位三田护士也是其中优秀的一员。"

"刚才您提到分药失误的问题，您说的该不会是那次，由于您自己忘记将应开的药品输进电子病历，结果导致没给病人配药的事吧？"

"我那时不是已经口头交代过了吗？都怪她没注意听。"

"三田注意听了。所以当她发现病历上没有记录时，特意又去跟您确认了一遍，当时您告诉她'不用配药'。"

"那……那你们就应该再确认一遍，你们的工作不就是干这个的吗？"

"护士的工作可不是给医生收拾烂摊子。"

听到护士长这样说，丸桥不出声了。

"我们科的护士全都是我一手培养出来的。我可以骄傲地说，她们全都是一流的。如果说万一她们有什么地方让您感到她们很没用，是您的累赘，那会不会是您自己指令不明造成的呢？"护士长义正词严、毫无忌惮地说道。

我不禁在心中大声喝彩，但又不由得替护士长捏了一把汗，不知道丸桥医生会做何反应。

"你一个护士，这么说话合适吗？我可是医生哦！这里的护士竟然连最基本的规矩都不懂，包括你在内，护士长。"果不其然，丸桥一脸震怒，面色通红。

"好，那就给他拍个 CT。如果什么都没查出来，你们俩可得给我写份书面检讨！行不行？"他简直有些口不择言。

护士长尽管脸上一副难以置信的表情，但还是同意了。

"没问题。"

丸桥轻蔑地笑了笑："那我先去跟病人解释一下。"说着，他转身走进病房。

"护士长，谢谢您为我说话。没想到事情会闹得这么大，实在对不起。"

"跟你没关系，我早就想好好跟他说清楚了。"

"不过，要写检讨什么的，他也太不讲理了。"

"要是做了 CT 什么也没查出来，不就太好了吗？我高兴还来不及呢，给他写什么都行。"

护士长"咯咯"地笑了起来，然后立刻联系 CT 室，预约检查。

"三田，陪南泽去检查的任务能不能交给你？刚才 32 号房的中村有点咳血，我还得去他那边看看。"

"没问题。"

护士长快步向 32 号房走去，我转身回到病房内。刚好，丸桥已经跟病人解释完情况了。

"那南泽先生，咱们这就下楼吧。"

南泽在老年人里身体算是健朗的，但腰腿多少还是有些不稳。我决定不用轮椅，直接推着病床过去。

坐上电梯后，刚才那个噩梦重新回到我的脑子里。啊，对了，我本来是想找护士长请假回家的。可现在，我肯定走不开了。

电梯下到一楼，我把病床直接推进 CT 室，跟技师交代好后，退到门外等候。

过了一会儿，CT 室的大门打开，CT 技师慌慌张张地将病床推出来。

"幸好拍了 CT。"

技师一边将病床交给我，一边说道。

"有阴影，好像是栓塞。"

"真的有阴影吗？"

南泽和我异口同声地问道。

"居然这么早就能发现，真是太厉害了。丸桥医生是那个新来的医生吧？"

"不，这是我们护士长发现的。"

"啊，难怪呢，真了不起。"技师一番赞叹后，说道，"我已经把观察结果上传到电子档案里了。"

说完，他转身去处理下一位病人了。

我推着一脸茫然的南泽回到病房。丸桥医生正站在小车前，认真地盯着电脑屏幕。屏幕上显示的是南泽的 CT 图像。

"……护士长说的没错。"

丸桥懊恼地嘟囔了一句以后，重新振作精神，开始向南泽解释检查结果。

"也就是说，那位护士说的是对的。"南泽感慨道。

"嗯，看来是这样的。"丸桥一脸不情愿地承认道。

呼吸速度变快是一种很常见的症状，非常容易被忽视，而护士长却敏锐地捕捉到这种细微的变化。如果当时不及时处理，病人的血压很可能会急速下降，心肺停止工作，然后 ——

我不由得身体一颤。如果换作是我，究竟能不能注意到这种变化呢？

"怎么样了？"

护士长又回到 35 号房。

"您说得没错。"

"啊，是吗？"

丸桥有些抬不起头来，护士长却一副若无其事的样子。

"我给他开了点抗凝药，你先配一下。明天早晨再进一步确定后续治疗方案，先这样。"

丸桥急匆匆地走出病房。能够证实丸桥医生的错误，还是挺让人痛快的。到底是护士长能干。

"我去取药了。"

"不用，我都准备好了。"

我刚要走出病房，就被护士长叫住，她举起托盘里的输液袋给我看了看。

"我猜到他会开药，所以一直在护士站等着看电子病历。他刚一打完药名我就准备好了，然后假装什么事都没发生一样，就过来了。"

"护士长，您也太厉害了。"

"这点小事不算什么。我已经当了三十年护士，比丸桥医生在医院里待的时间长多了，所以我看过的病例绝对要比他多得多。"

护士长开心地笑了，她麻利地装好输液袋，开始给南泽输液。

"过一会儿我们再过来啊。"

护士长对南泽说完，领着我走出病房。

"不过，你也挺厉害哦。"

回到护士站，护士长一边给医疗废弃物分类，一边对我说。

"您说我吗？"

"是啊。我刚看了中野女士的紧急入院记录，你在上面加了一句，希望能请那位有治疗不孕经验的药剂师过来。能做到这一点，非常不错。"

"真的吗？"没想到护士长会表扬我，我很开心。

"你这样询问病史才是真正有意义的。很多护士就只关心有没有过敏、会不会危及生命，其他事情只是象征性地问一问，记录一下就过去了。可是，一些不起眼的信息可能会对病人的治疗有很大帮助——你能注意到这一点，真的很厉害。"

护士长竟然会夸我厉害。

从我到这里上班以来，护士长这么不吝言辞地表扬我，还是第一次。要是能早点夸夸我，说不定我还能多坚持一段时间，可惜……

今晚我看到了护士长不一样的一面，说实话，我对她改观了不少。等舞衣子再长大点，说不定我还会回到这里工作。

"对了，你刚才要找我说什么？"

"是这样的……我想请假外出一个小时。"

"什么？"护士长皱起眉头。

"我女儿有哮喘，我跟您说过的吧？今天女儿是交给我丈夫照顾的，可我一直联系不到他，所以有点担心。"

"难怪你刚才一直在摆弄手机。不过，你丈夫也不是小孩了……用不着你上着上着班，特意跑回去一趟吧？而且，今天还是你在这儿工作的最后一天。"

"可是，一想到她可能哮喘发作，我就……"

"就算她哮喘发作了，你丈夫能一点消息都不告诉你吗？还是说他联系不到你？你觉得这可能吗？"

"那要是他们俩都倒下了呢？万一呢？"

护士长轻轻把手搭在我的手腕上。

"你冷静一下。你想想，要是你离开了一个小时，这里会怎么样？"

"会忙不过来。"

"本来这里的人手就不富余。可以说，患者的生命现在全都交到了你的手上。作为一名护士，我希望你能够做出冷静的判断。今天虽然只是短短的一天，却是你职业生涯告一段落的重要日子啊。"

"我从心底感到非常抱歉。不过……"我抬起头看着护士长，"我首先是一位母亲，其次才是护士。当然，我的病人和我的工作也很重要，但我最重要的工作还是保护好我的女儿。对于我的女儿来说，我是她的唯一。"

我把想说的话一口气说完，等着护士长的反应。

护士长为难地说道："真拿你没办法。"

她叹了一口气。

"你这样的话，就算留在这里也无法安心工作，你还是快去快回吧。"

"啊……谢谢您！"我深深鞠了一躬。

"不过你临走之前，要不要用这里的电话再打一下试试？他一看是医院打来的，说不定吓一跳，也许就会接呢？"

"好的。"

我心怀期待地用护士站的固定电话拨打了外线。为了方便紧急联络，我已经记住了雅之的号码，不用再翻看手机通讯录。

冰冷的回铃音一直响个不停。

"那，你再用 LINE 跟他联系一下，我特批你在这里用一下手机。如果还是联系不上，你就赶紧出发。"

"好的。"

虽然我觉得发信息也没用，但既然要丢下工作外出，就必须在护士长面前证明一下。我赶忙跑到更衣室，取来手机。

"一直联系不到你，我很担心，我现在要回去一趟。护士长已经批准了。"

信息发送出去了，还是没有回信，也没显示已读。

"那我先回去——啊！"

突然，发给雅之的所有信息全都显示为"已读"。

"不好意思。"

我立刻拨打电话。

回铃音响了几下后，传来一个含糊不清的声音，好像刚刚睡醒的样子："喂——"

"雅之！！啊，太好了。我担心死了。你到底是什么情况？家里没事吧？"

"嗯。"

他的声音听上去懒洋洋的。我不禁松了一口气，但同时一股怒火也涌上心头。

护士长小声说："你去那边慢慢说，不着急。这下你不用走，我也放心了。"

我低头致意后，向休息室跑去。

"我给你发信息你既不看，也不回，打电话你也不接。为什么一直联系不上你？你睡着了吗？"

"对。"

他一副无所谓的样子，而我在这边都要急死了。我真是蠢死了。

"真讨厌，你是不是睡迷糊了？舞衣子呢？"

"嗯……"

"你嗯是什么意思啊？她的哮喘没发作吧？"

"没事。"

我有点急了，倒是给我说清楚点啊。他现在肯定还是在半梦半醒之间跟我说话呢。

不过，不管怎样，我的一颗心总算放下来了。我又问了几遍，确定舞衣子确实没事后便挂断了电话，有些尴尬地回到护士站。

"刚才实在是对不起。"我低头致歉。

正在录入电子病历的护士长苦笑了一下。

"我不是跟你说了吗，肯定没事的。好了，到时间了，你赶紧去查房吧。我先去睡一会儿。"

"走了！"护士长双手撑着护士台，努力站起身，拖着发福的身体走向休息室。她的背影写满了疲惫。

难道护士长今晚一直都没合眼？要是我真回去，她又睡不成了。我真是的，光想着自己，竟然完全没有注意到这一点——

"真的非常抱歉！"

对着护士长的背影，我再次低下了头。

我开始查房，由于心中实在有些过意不去，我的心情有些低落。

真是的！

要不是雅之一直不接电话，事情怎么会变成这样？难得护士长刚刚夸了我，我却辜负了她的信任。

我本来想要站好最后一班岗，有始有终，结果却搞成这个样子，我真是懊恼不迭。这简直是我职业生涯中的一个污点。

我愤愤不平了一阵，但查房查到一半时，我开始冷静下来。

是否站好了最后一班岗，职业生涯中有没有污点，这些跟舞衣子的平安健康比起来，根本不值一提。

为什么要生气呢？我应该痛痛快快地开心才对。家人全都身体健康，平安无事，我应该心存感激。

而且，明天就是圣诞节了，我们可以全家人一起庆祝。

啊，我已经等不及想要回家了。我想尝尝雅之为我做的热乎乎的炖菜，我想抱抱舞衣子。对了，我要把她打扮成圣诞老人。

我下意识地哼起"铃儿响叮当"，脚步轻快地继续查房。

*

借着手机屏幕发出的微弱蓝光，我看到一名男子拖着一条腿，一步一步向我走来。

伴随着手机低声呜咽般的振动声，我甚至产生了一种错觉，仿佛这名男子就是一个机器人。他手里拿着一把刀，脸上洋溢着难以抑制的笑容。

手机振动忽然停止了，四周再度陷入一片黑暗。我察觉到男子正逐渐向我逼近。

我一直在思考，如何在手脚被绑住的情况下避开刀子。我把身体转一下，应该就能先避开第一刀。避开一刀后，再想如何避开第二刀。不要妄想一下子成功，要一刀一刀，踏踏实实、稳稳当当地避开对方的攻击。现在这种情况下，只能一步一步来。

不过问题是，我应该把身体往哪个方向转？

四周一片漆黑，我完全看不到刀子会从哪个方向捅过来。

哪怕再有一点点光，要是手机再响一下就……

手机？

我突然灵光一现。刚才怎么没想到呢，我真是太蠢了。

"Siri，赶快拨打110！"我竭尽全力地喊道。

我感觉男子似乎咽了一口唾沫，回头看了看手机——然而，手机并没有响动。

"Siri，给110，打电话！"

我又提高声音，吐字清晰地喊道。可手机依然没有反应，角落里仍是一片漆黑。

"哈哈哈哈哈。"黑暗中，我听到一阵嘲讽的笑声，"太——搞笑了。"

他又拍手又跺脚，好像在用尽全身的力气大笑。

"我说，你该不会是觉得自己刚才想出了一个超棒的点子吧？觉得自己是个天才？以为这样就能够得救了？啊，真是太好笑了。"

虽然他笑得很厉害，可我实在搞不懂为什么手机会没有任何反应。是我声音太小了？距离手机太远了？还是电池突然没电了？一线生机就这么断了，我不由得陷入一片茫然。

"你的脑袋，真是不太好使啊。你真是个大夫吗？你还以为自己有可能获救吗？哎哟喂，我肚子都笑疼了——"

男子终于笑够了，继续说道。

"你想的那个办法，我早就已经防患于未然了。拿到你的手机后，我就先关闭了语音识别功能，这不是最基本的操作吗？"

"可……你是怎么解锁的？"

为了防止手机被盗，我早就设定了锁屏密码。

"密码是你女儿的生日，这是有多好猜啊。"

男子半带惊讶半带嘲讽地说道。

"舞衣子的生日，你……"

"当然知道啦！这可是关乎由纪惠的大事。要是无法解锁你的手机，我就只能关闭电源，或是把它砸烂。还好让我猜出来了。手机说不定还能派上用场呢。"

为了让我无法求救，他早就计划好了一切。是我太天真了。

"这次真是太遗憾了！"

我察觉到他此时离我更近了。我下意识地将身体向左一转，一个刀刃一样的东西从我右侧脸颊边"唰"的一声掠过。

太险了。要是我朝反方向转身，后果不堪设想。

男子再次挥刀向我砍来。我大脑一片空白，下意识地将身体转到另一边，总算勉强避开刀刃，但刀尖划过我的耳朵，一阵尖锐的疼痛袭来。

"你还真够顽强的。赶紧给我去死吧！"

男子话音刚落，手机再次振动起来。趁他分神的一瞬，我用头撞向男子的手腕。

男子手中的刀掉在地上，还被他顺势踢了一脚。微弱的光线下，我看到刀子滚到一旁，刀尖上染着血。一想到那是我的血，我不由得感到毛骨悚然。

"啊 —— 浑蛋。非得给我找麻烦！"

男子拖着一条腿走过去捡刀子。他捡起刀向我走来的过程中，手机一直振动不停，恐怕是因为留言数量或留言时长已经超过了上限。

"我还是把手机关了吧。"

男子似乎被手机的声音和光线吸引，他走到小桌旁，拿起我的手机，滑了下手机屏幕，振动声停止了。

"居然来了这么多条信息？"

男子上下滑动着手机屏幕，不知是不是打开了我的 LINE。

"'舞衣子现在怎么样？''回头告诉我一下她的

情况。'我很担心。请尽快与我联系。'一直联系不到你，我很担心，我现在要回去一趟。护士长已经批准了。'……喂喂喂，这可不行啊，由纪惠。"

可能是因为信息已经显示为"已读"，手机马上又振动起来。振动声一直不停，像是在低声呻吟。

男子盯着手机沉默了片刻。

"妈的，真拿你没办法。"

他嘴里嘟囔着，拿着手机向我走来。

"你要是敢多说一句……你懂的吧？"

男子把刀架在我的脖子上。出于职业关系，我非常清楚，这个位置如果被刀割断会有什么样的后果。我紧张得口干舌燥，连头都不敢点，只能用目光示意他，我已经听懂了他的意思。

男子按下通话键，打开手机外放，将手机靠近我嘴边。电话刚一接通，由纪惠的声音就响了起来。

"雅之！！啊，太好了。我担心死了。你到底是什么情况？家里没事吧？"

"嗯。"

"我给你发信息你既不看，也不回，打电话你也不接。为什么一直联系不上你？你睡着了吗？"

"对。"

由纪惠，拜托了，快点察觉我的异样，我的声音应该跟平时截然不同吧？

"真讨厌，你是不是睡迷糊了？舞衣子呢？"

"嗯……"

"你嗯是什么意思啊？她的哮喘没发作吧？"

"没事。"

我正被一个奇怪的男人监禁着。我被关在地下室，马上就要被杀死了。

"啊，太好了。她的哮喘没发作吧？今天特别冷，我一直很担心。我真怕你们去医院了呢，脑补了一连串可怕的镜头。"

"……"

我吸了口气，正要说话，忽然感到刀刃轻轻碰了碰我的喉头。我不禁倒吸了一口凉气。

"雅之，你在听我说吗？"

"嗯，嗯。"

"喂！不过算了，我总算是放心了。你那边没什么事，是吧？"

"……"

我"咕噜"咽了下口水。

"雅之，你到底是怎么了？"

"没怎么。"

舞衣子现在一个人待在家里，她肯定在哭个不停，而哭泣很可能会导致哮喘发作……

"我说，你要一直这样的话，我怎么放心把孩子交给你呢？你是困了吗？你能不能打起点精神来啊？舞衣子没把被子踢开吧？她睡相不好，你记得把被子给她盖好，要是感冒就麻烦了。"

"……嗯。"

我想大喊救命。可我只要一喊，那把刀就会割断我的喉咙。

"要是有什么情况，你就直接给我们科室打电话。护士长已经同意了。再过三个小时我就下班了，你再坚持一下。"

"嗯。"

短暂的沉默后，听筒对面传来一声大大的叹息。

"唉，你可真是指望不上啊。你就不能好好说话吗？从一开始除了'嗯''没事儿''没怎么'，你还说了什么？噢，对了，你别忘了给她换纸尿裤。她已经睡了很长时间吧？纸尿裤肯定都满了。"

"好的。"

拜托拜托，快点察觉出我的异样……

"我说雅之，你是不是不舒服啊？"

"不，我没事。"

我没事儿才怪呢……啊，怎么才能瞒着那个

人发出求救信号呢？拜托拜托，快点察觉出我的异样……

"是吗？那就好。不跟你说了，我要回去工作了。舞衣子就交给你了。"

我拼命祈祷也没用，电话已经挂断了。

"还是由纪惠的声音好听啊。真是天使的声音。"

男子一脸陶醉地说着。他将手机装进羽绒服的口袋里，然后顺手掏出一盒烟。他一只手用刀顶着我，另一只手熟练地从烟盒里掏出一根烟。

"平时她都是在心里跟我对话，亲耳听到她的声音感觉还是不一样。我有多久没听到她的声音了？最后一次还是我出院的时候……这都有三个月了吧。"

听到这里我想起来，由纪惠曾经说过，她遇到了一个特别变态的病人。不过，听说这几个月他都没有再出现，所以我已经把他给忘了。谁能想到，他现在居然把我给绑架、监禁了起来。

对了，他的名字好像叫——

"……柿沼？你叫柿沼吧？是由纪惠负责过的病人。"

"是的。果然，她也跟你提到过我啊。"

柿沼嘴上叼着烟，他取出打火机，把烟点上。

火光中，他的脸扭曲得变了形，即使是有些羞怯的表情，看上去也显得阴森可怖。

"我和她也是在医院遇见的，我们两个可能也就这一个共同点。不过，由纪惠现在很讨厌你。她一直跟我抱怨，说你既不帮她做家务，也不帮她带孩子，每天只顾着和她吵架。唉，真是太可怜了。"

柿沼说到这儿停下来，抽了几口烟。

我自己都没想到，在这生死攸关的时刻，我竟然还能想起他的名字。由纪惠不会真的向这种男人坦露过自己的烦恼吧？

"对于由纪惠来说，我就像一片绿洲，是专门来治愈她的。她平时工作的时候，总是装出一副活力满满的样子，只有走进我的病房时，才会露出疲态。可能只有在我面前，她才能卸下伪装吧。只有在我这里，她才能脱下护士的盔甲，重新做回一个女人。

"不过，这种事情肯定会让护士长和其他护士感到不爽。所以她们故意不让由纪惠到我的病房来，偷偷在背后搞事情，最后还把她从外科赶到了消化外科。于是啊，我就又换到消化外科去住院。把她们吓了一跳。"

他一副扬扬得意的口吻。

"到消化外科住院？你怎么做到的，怎么能那么巧？"

"我吞了好多东西。竹签、图钉，都是尖的。"

"什……么？"

"这算不了什么。她在外科那会儿，我还用锤子砸了大腿二十多下呢。"

男子自豪地吐了口烟。

"如今这世道，想住院可没那么容易哦，不动动这里的话。"

柿沼用食指轻轻戳了戳我的太阳穴。借着烟头上的火光，我看到他手背上有好多圆圆的烫伤痕迹——明显是他自己用烟头烫的。透过羽绒服的袖口，可以看到他手腕上有很多条码状排列的疤痕。

他可能有自残倾向。不过，尽管如此，用锤子砸断骨头，狂吞异物，这也太极端了。

"就算你是为了住院……你自己不痛苦吗？"

"怎么会痛苦呢？我现在已经明白了，这个拖着一条腿、遍体鳞伤的我才是真正的我。我以前活了那么多年，一直觉得自己的身体有哪里不对劲。现在那种感觉完全消失了。

"是由纪惠让我认识到了这一点。是她让我找回了真正的自己。这都是由纪惠的功劳。我们俩互相治愈了彼此。我不是告诉你了吗？我们是灵魂伴侣。"

他可能患有身体完整性认同障碍症——我在医学院的时候学过。

得了这种病的人会觉得自己健康的身体是不完整的，是一种残疾。所以他们会想切断自己的手指、手腕、腿脚，或是故意让自己失明，好像这样才能让他们找回原本的自己。

在他厚厚的羽绒服下，不知究竟还藏着多少伤痕。

"不过，等我好不容易做完手术住进医院，才发现她又被调走了。他们合起伙来非要把我俩拆散，你说气人不气人？"

我的眼睛已经多少适应了周围的黑暗。柿沼可能是越说越兴奋，每次一开口，手里的刀子就在我眼前晃来晃去，搞得我每次都被吓出一身冷汗。

"于是我又开始找她，然后去她所在的科室住院，可她又被调到别处……最后，护士长跟我说'三田已经辞职了'。开什么玩笑！她肯定是在骗我。不过，我马上就明白了。由纪惠不想在医院里跟我见面，因为医院里碍事的人太多。她是想单独跟我在一起。所以，这三个月以来，我一直在为此做准备。

"今天是圣诞夜。我要杀了你，以此作为我和由纪惠开启新生活的礼物——不错吧，是不是很赞？"

"所以……所以你才会选择今晚？"

"没错。"

怎么这么巧……原来这个圣诞节不仅对舞衣子和我来说很重要，对于这个男人也意义非凡。

我回忆起曾经跟舞衣子、由纪惠一起度过的那个圣诞节。那时，舞衣子才刚出生，那是她过的第一个圣诞节，而家里却乱七八糟的，到处都是用完的纸尿裤，没有一点节日气氛，我们也根本没有精力庆祝。

舞衣子的夜啼很厉害，我们俩只能轮流抱着她，要不就开车带她出去兜一圈，晚上根本睡不好觉，两人都疲惫不堪。

"你再多帮帮我吧！"

由纪惠哭着央求我，但我也不知道还能再多做些什么。我的工作又不能停，而且我觉得自己已经尽了最大的努力。可由纪惠一开口就是抱怨，到最后更是每天都把"我要离婚"挂在嘴边，完全陷入了育儿焦虑。

慢慢地，我也开始感到心力交瘁，每天跟她争吵。

"你也知道我的工作有多辛苦！"

"我的工作没办法找人代替。"

"病人把自己的生命都交给我了，要不你也来试试！"

吵到最后，我甚至还对她说出"你根本不配做妻子，也不配做母亲""别说得那么了不起，你不就是个小护士吗"之类的话。

每天都是无休止的争吵，我俩都已精疲力尽，那段日子简直就像地狱一样。

如今我被监禁在这个冰冷的地下室里，死亡马上就要降临，回忆起来，我从心里感到那段日子是如此幸福。

把时间都用在争吵上真是太可惜了。早知如此，有那么多时间争吵，还不如多抱抱由纪惠，多抱抱舞衣子，那该有多好。

我们那时候明明很幸福。

那么幸福。

我却没有想到，完全没有看到。不 —— 是我根本没有想要去看。

我只想要罗列自己的不满，并没有试图去理解由纪惠的痛苦，理解她育儿的劳累，以及边育儿边工作的艰辛。

如果 ——

如果我能从这儿活着出去 ——

我一定要重新面对由纪惠，绝不再跟她抱怨我的不满。

我要重新经营我们的夫妻关系，重新经营我的家庭。

我要好好负起自己的责任，无论是家务还是照顾孩子，不管是清晨还是深夜，哪怕是我刚下夜班回来，我都要比以前付出更多。我要主动接送舞衣子去保育园，要是她发烧了，我会请假去接她，不会再把这些全都推给由纪惠一个人。

一直以来，我走了很多弯路，以至于我们的家庭无法继续运作。

不过这一次 ——

如果我能再次回到那个温暖的公寓 ——

如果我能再次见到由纪惠与舞衣子，让我做什么我都心甘情愿 ——

"我说，你冷静地想一想。"

我绞尽脑汁地和柿沼搭话。

"就算你在这里把我杀死，又能怎么样？这地方，再怎么偏僻也是有主人的，早晚会有人过来。如果我的尸体被发现了，警方一定会追查由纪惠身边的人，迟早会查到你身上。"

"这你不用担心，这地方是我的。"

柿沼满不在乎地一边说，一边将还没熄灭的烟头随手一扔。

"这栋楼是我老爸留给我的，虽然地方不大。这么危险的事，我必须找一个绝对安全的地方啊。你这家伙，你以为我就那么蠢吗？"

柿沼嘿嘿嘿地笑了起来。

一线生机就这么断了。

一想到要在这栋废旧大楼的地下室里腐烂下去，我不由得瑟瑟发抖。

"好啦，那咱们就来个痛快吧。"

柿沼举起刀朝我脖子猛地一挥，我赶紧弯下腰，身体瞬间失去平衡，连椅子一起倒在地上。

柿沼咋了咋舌。

"你乱动什么！"

我的头重重地磕在地上，还没等我反应过来，就又挨了柿沼重重的一脚。我没忍住强烈的反胃感觉，直接呕吐起来。

"太……恶……心……了……"

柿沼的声音就像录音机慢放一样，听上去断断续续的。与此同时，我耳鸣得厉害，仿佛有人在我耳边用力摇铃。

我耳朵里虽然一直响个不停，意识却迅速地模糊起来。我的灵魂似乎已经被一溜烟地吸走，只有身体还留在原地。不知怎的，我感觉自己的身体轻飘飘的，耳鸣声也好像越来越远——就在这时，绑在身后的手上突然传来一阵尖锐的疼痛，又将我的意识拉了回来。

好痛!

疼痛来自左手侧面。寒冷加上憋屈的姿势，已经使我的手腕和手指几乎丧失了知觉。然而疼痛越来越剧烈，我下意识握紧的指尖上似乎有些滑腻。

血?

我蜷缩着身体，摸索着手上疼痛的位置。那里好像扎了什么东西，还挺深。我用右手的手指感受了一下，硬硬的，还有一定的厚度，十分尖锐。

我回忆了一下手机屏幕亮着时，我看到的四周的景象。地上有破碎的玻璃杯、电灯泡，还有酒瓶的碎片。

这肯定是玻璃碎片。

我试着把它拔下来。一阵剧痛袭来，我险些叫出声。手上虽然很疼，我心里却很高兴。比起刚刚的赤手空拳，眼下总算是前进了一小步。我把碎片握在手中，大小刚好可以藏在手里。

男子咆哮着，对着我的肚子、大腿、脑袋一通乱踢，直叫我痛不欲生。不过，我强忍着剧痛与难受，右手握住玻璃碎片，竭尽全力地割着绳子。玻璃扎进我的右手，又是一阵疼痛，但我并没有停下来。

男子还在不停地踢我。我浑身都是呕吐物，鼻血横流，同时又开始呕吐——就在这时，我忽然感到绑在手上的绳子有了一丝松动。绳子的纤维断了一部分，可活动范围增大后，我的手动起来更方便了。于是，我继续用力割起绳子。

"你这家伙，真让人火大啊！"

男子停下脚，重新拿起刀。我的身体痛苦不堪，就在我感到一股浓浓的杀意袭来时，绳子又松动了一点儿。虽然绳子还没被彻底割断，但我感觉，我的手好像已经能挣脱出来了。我想把手腕从绳子里抽出来，但手上又是血又是汗，滑溜溜的，怎么也出不来。

拜托——

我越是着急，手上的绳子绕得越紧。

"去死吧！"

男子终于把刀高高举起，从我头顶上砍下来。

这次真要完了 ——

就在我感到灰心丧气的时候，我的双手彻底解放了。

刀子对着我笔直地挥舞过来，我立刻扭转身体，避开刀锋。

趁男子脚下一个趔趄，我迅速思考了一下应该攻击他的哪个部位。如果是颈动脉，他的衣领会比较碍事。他穿的衣服很厚，心脏周围也不容易下手。那就只剩下脸了。要想一击命中 ——

我翻过身，将碎片紧紧握在手中。

——他的眼睛。

我的大脑一片空白，对准他脸上那点微微的光亮，伸手刺去。

我能感到自己已经刺中了他。碎片插入了他的眼睛。

男子的惨叫声撕破了黑暗，那声音仿佛来自异世界。

抱歉、自责、懊悔，种种情绪交织在一起，
我忍不住流下了眼泪。

申し訳なくて　情けなくて　悔しくて、私はぼろ
ぼろと涙を流した。

我查完房，回到护士站，刚巧温子也回来了。

"啊，累死我了。今天晚上事情好像特别多。好多人按铃要换纸尿裤，还要把血痰样本送去化验。"

温子坐到我身边，一边摇头，一边揉肩膀。她的黑眼圈都出来了，疲惫之态显而易见。值夜班的时候，连比我年轻的温子看上去都要比实际年龄老十岁，那我现在肯定老了二十岁不止。

"你刚才是不是跟护士长吵起来了？没事吧？"

"没有，是我给护士长惹了点麻烦。要怪就怪我老公不好。"

"你老公？他和护士长有什么关系吗？"

"哎呀，别提了。你要听吗？真是气死我了——"

我把来龙去脉给温子讲了一遍。

"哇哦，敢情他一直在睡觉啊？这可真有点

儿……嗯，怎么说呢，心可真够大的。"

温子找到一个特别含蓄的表达。总不能直接骂同事的丈夫浑蛋吧。不过，从她的表情不难看出，她也感到雅之的行为令人难以置信。

"是不是很过分？害我在护士长面前丢了个大丑。都怪雅之，我一直担心得要死，还大闹了一场，唉，真想找个地缝钻进去。那会儿我要是丢下护士长就这么回家了，肯定得出乱子。怎么说呢，已经闹出个大乱子了。唉，真是的，简直没脸见人了。"

我一把趴在桌上，温子摩挲着我的肩膀，安慰道："不过，这不挺好的吗？知道自己女儿平安无事，不比什么都重要？"

"当然了，我也明白，可我就是生气。不过跟你这么一说，我心里舒服多了。"

"电话响了那么多次都听不见，那你老公肯定也累坏了。这不正说明他一直在努力照顾孩子，忙这忙那的吗？"

"你这么一说还真是，他还说要给我做奶油炖菜呢。"

"你老公这不挺好的吗？"

"平时他可不这样。估计是正赶上圣诞节，而且又是我工作的最后一天，说是要给我庆祝一下。"

"哇——我这是被撒了一脸的狗粮啊。"

"你别乱说，这哪是撒狗粮。谁在家谁做饭，这不很平常吗？"

"哪里哪里，这可一点都不平常！我这辈子，还从来没有吃过男人亲手给我做的饭呢。哇，我好羡慕你哦！你还抱怨这抱怨那的，这不挺恩爱的吗？你们这怎么可能是无性婚姻呢？"

哈哈哈哈，我俩一起笑了起来。笑过一阵之后，温子忽然安静下来。

"以后再也不能像这样跟你一起笑了。"

"温子……"

"对不起，今晚我一直说些扫兴的话。不过，我真的很舍不得你走。我刚从泌尿科转过来那会儿，总是犯错，每次都是你帮我解决各种问题，我真的很感谢你。值夜班虽然辛苦，但像这样跟你聊一聊，还是挺开心的。什么恋爱的烦恼啦，女人之间的悄悄话啦，什么都能跟你说……"

"我以后还会回来看你的。对了，温子，你有时间也来我家玩玩儿吧。"

"可以吗？我好想去哦。我也想见见舞衣子。"

"我家就是有点乱，你别介意啊。"

"不会的。我觉得同事们肯定也想去，回头我约一下。"

"一定一定。"

"好期待哦。你们家是在 × 站，对吧？"

"没错。从车站走过去，一会儿就能到。离超市也很近，非常方便。不过，我可能马上就要搬家了。"

"哎呀，是准备买房了吗？"

"嗯，正考虑着呢。我觉得交房租实在太浪费了。"

"而且，租房的话，左邻右舍、楼上楼下也特别吵。"

"我们现在住的房子倒是还行，隔音好像做得挺好的。周围绿化也不错，特别安静，房子也挺宽敞，一层只有两户，我还挺喜欢的。最重要的是，安保措施特别到位。"

"安保真是特别重要，多花点钱也值。我现在租的那个单身公寓就是，没钥匙的话根本进不了楼，我特意选的这种。"

"那是最基本的。我现在住的这个地方，连电梯都有锁。一是为了舞衣子，再就是，以前我不是遇到过变态嘛。"

"啊，还真是。那个变态不知道你住哪里吧？"

"应该不知道的。他住院的时候不可能跟踪我，出院前我又一直都躲着他，假装已经辞职了。反正后来他就没再出现过。幸好有大家帮忙，成功把他给赶走了！”

“真是太好了。那会儿不管你调到哪个科，他都跟过去住院，真是太可怕了。”

“是啊。我在皮肤科的时候，他弄了一大片烫伤过来，吓死我了……不过，最恐怖的还是在眼科那次。”

“话说眼科又不像外科或呼吸科，能住院的眼病应该很少吧？他怎么那么巧，就得上了那种病？”说到这儿，温子的脸一下子僵住了，“他总不会是——”

“没错，他就是。”

光是想一想，我就忍不住瑟瑟发抖。

为了躲避他，我从外科调到皮肤科，又从皮肤科调到眼科，总算过了三个月的太平日子。我觉得这回他总该没办法了吧。没想到，有一天，他突然又出现在我的面前——作为一名名正言顺的眼科住院病人。

对我来说，频繁换岗绝非易事。好不容易刚刚熟悉了眼科病房的业务，又要换到新的科室去，实在是很大的负担。而且，一位护士换岗，就意味着必须有另一位护士也跟着换岗。那位护士换到一个不熟悉的科室，也得花很长时间去适应，而这种影响可能还会波及病人。一想到此，我就很难再次提出换岗要求。

不过，医院的总护士长还是非常重视这件事，她在呼吸内科又为我安排了岗位。另外，还放出风声告诉柿沼，我已经辞职了，同时明确地告诉他，这家医院今后很难再接收他住院。

这次努力终于奏效了。从那以后，柿沼再也没有出现在我面前。而且，我今天也确实要辞职了。就算他再次住进医院，也不可能找到我了。

"用锤子把大腿骨砸碎就够吓人的了，眼睛也下得去手，简直超出想象啊……"

"我从来没见过那么恐怖的事。"

"不过，我听说他一直住的都是单人病房。他很有钱吗？"

"听说他父母给他留了一笔遗产，好像自己有好几栋楼的样子。"

"哇哦，那不是大富豪吗？"

"可能是，不过他也太吓人了。"

"确实……虽然有钱有房是很加分啦，不过，还是有点——不，是绝对不能考虑。"

正对着护士站的电梯门忽然打开，一名脸上戴着口罩的男子走出电梯。他身材瘦削，脚步晃晃悠悠的，看上去有些神经质。男子的视线飘忽不定，好像在寻找什么人。

是柿沼吗？

我整个人都僵住了，心跳险些停止。

我身旁的温子站起身。

"您是哪位？"

"我刚接到电话，说我孩子刚出生。"

"啊，产科在 10 楼。恭喜您，喜得贵子。"

"谢谢。"

男子不好意思地低头致意，然后又走进了电梯。

真是吓死我了。

我长吁了一口气，身体向后一仰，重重地靠在椅背上。

"三田，你怎么了？"

"刚才有一瞬间，我把他看成那个变态了。那个人走路也是晃晃悠悠的。正好刚说到他，我更觉得像他。"

"哇——那可是够吓人的。"

"我还以为他追到呼吸科来了，急死我了。不过，他应该不会再来了，他以为我已经辞职了。"

"不好说啊，他心里要是一直放不下你，说不定

149

真会找到这儿来。要我说啊，他要是找到新目标就好了，这样你就安全了——不过，那个人可就惨了。最好还是他能找到一个女朋友。可他那种人怕是不太容易找到女朋友。"

"一开始他给我留下的印象挺好的。不爱说话，看上去又很认真，护士说什么都很配合，跟别的病人也没有矛盾。他尤其擅长听人讲话，所以一开始，我给他采血啊，换床单的时候，都是很正常地在聊天。哪家饭馆好吃，哪个艺人搞笑什么的。

"说起来，我们聊到带孩子很辛苦时，我还跟他抱怨过雅之。我说我老公平时什么活儿都不干，要是我老公也能像他那样耐心听我讲话就好了。说不定，就是这句话惹的祸。"

"嗯，确实有可能被误会。男的一看到你这样的女人夸他们，心里不知道想什么呢。"

"是吗？"

看到我沮丧的神情，温子有些紧张。

"你那句话是有点草率，不过，正常人也不会那么没完没了的。所以，这件事不怪你——啊。"

呼叫铃响了。

是我负责的单人病房，我赶忙拿起听筒。我刚刚才查完房，没发现什么异常情况。这是出什么事儿了？

"您怎么了？"

"我的胸口……很疼……"

病人的声音十分虚弱，肯定问题不小。我内心十分紧张，但语气尽量保持镇定地说道："我马上过去。"

我放下听筒。

"是高峰女士。可能我会需要支援，你随时做好准备。"

高峰辽子最初患的是卵巢癌，发现时她六十岁，已经是癌症Ⅲ期。不仅卵巢，子宫、输卵管、直肠、膀胱，整个腹腔都已遍布癌细胞。

手术前先服用抗癌药，缩小了癌细胞的面积，然后手术切除了左右卵巢、输卵管和子宫，接着做了膀胱表面的腹膜切除和直肠合并切除等大型手术。

术后又分四期进行药物治疗，在两年左右的时间里，她的身体状况一直比较稳定。但是半年前，癌症复发了。重新开始药物治疗后，效果并不理想，于是开始居家接受上门方式的姑息治疗。

姑息治疗期间，她患上支气管炎。由于体力衰弱，需要住院两周，目前症状已经缓解，听说马上就能出院了。

"好的。"温子紧张地点点头。

我打开病房门，昏暗中，我看到了窗边病床上的辽子。不知是不是因为难受，她蜷着身体，上半身已经滑到病床外，浑身无力的样子。她的手臂耷拉在床边，手上还握着呼叫铃。

"高峰女士，您还好吗？"

我拍着她的肩膀大声呼叫。她双眼紧闭。我焦急地摸了摸她的颈动脉，已经没有脉搏，也没有呼吸。

我赶紧按下枕边的呼叫铃。温子立刻拿起听筒。

"高峰女士出现突发状况。我需要支援，请马上联系医生，准备做 AED。"

"明白。"温子的声音听上去也很紧张。

我再次确认病人已经没有脉搏与呼吸，处于心肺停止状态，于是我跪在病床一侧，开始双手按压她的胸部。不能太用力，速度也不能太快，我保持着一分钟一百下的节奏，拼命按压。

"突发状况？"

脸色骤变的护士长推着急救车飞奔进病房，她可能是刚被叫醒。

"有 DNAR 吗？"护士长问道。

DNAR 是 Do Not Attempt Resuscitation 的缩写，是指心肺停止时，病人希望放弃急救的同意书。

"病人同意进行人工呼吸、胸部按压和 AED 急救，但不希望插管和安装人工肺。"

"了解。我们肯定能把您救回来，高峰女士，坚强一点，我们都在这儿呢。"

护士长一边安装急救车，一边大声鼓励着已经失去意识的辽子。

"我是呼吸外科的山口，是过来支援的。"

一位没怎么见过的护士慌慌张张地跑进来。

"先把背板给放上去。山口，过来帮忙。"

"是。"

急救车边上装着一个砧板一样的树脂板，山口取下板子。在床上做胸部按压时，床垫会往下沉，因此需要在患者后背下面垫个板子。

"我数一二三，大家准备好了吗？一、二……"

我马上停止按压跳下床，跟护士长一起抬起病人的肩膀。山口迅速将背板塞到病人身下。我再次跪在床上，继续胸部按压。

"下面要把床拉开。我还是数到三，大家准备好。一、二……"

我跪在床上进行胸部按压，护士长和山口则将床头拉开，增大了病人头部一侧的空间。这是为了方便另一个人站在这里做人工呼吸。

"咱俩交换。山口，你去做记录。三田，你用球囊面罩做人工呼吸。我数到三的时候换我来按。"

护士长跪到病床的另一侧准备好。

"了解。一、二、三。"

数到三时我和护士长迅速进行交换，我跳下床。山口已经拿起写字夹板，开始奋笔疾书。为了向病人家属解释病情，以及方便医生进行治疗回顾，当病人出现突发状况时，我们必须第一时间按顺序记录下采取过的急救措施，这是一项非常重要的工作。

我从急救车上取下人工呼吸所需的球囊面罩，将它立在辽子的头部一侧，右手拿起面罩罩在病人的口鼻处，左手准备挤压面罩上连接的球囊。只要挤压球囊，就能给口鼻腔送气。

"我准备好了。"

"那你来做人工呼吸，按三十比二做。"

"好的。"

护士长暂时停止按压。在这几秒钟之内，我要挤压两次球囊，然后护士长继续按压。三十次胸部按压后，使用球囊做两次人工呼吸，反复进行，直到医生赶到为止。

"我把心电图监测器和 AED 拿来了，还联系了主治医生与病人家属。"

温子气喘吁吁地跑进病房，马上开始安装心电图监测器和 AED。

护士长继续保持着稳定的按压节奏，她趁抬手的间歇，飞速掀开病人的睡衣，露出胸部，然后继续按压，手法十分娴熟。病人的胸部在按压下维持着起伏，温子迅速将 AED 和心电图的电极片贴在相应的位置上。

"开始心电分析。请勿接触病人。"

听到 AED 的提示音后，护士长停止按压，离开病床。我也取下球囊面罩，靠墙站好。AED 开始自动进行心电分析，判断是否需要除颤。

"建议除颤。正在充电。请按下除颤按键。"

温子按照提示音的指示操作，辽子的身体仿佛痉挛般颤抖了一下。

拜托了——

我在心里默默祈祷，但辽子并没有苏醒过来。

"重新开始胸部按压。"

护士长再次上床按压，我也将球囊面罩重新罩在辽子脸上。辽子一直双眼紧闭，我们持续进行心肺复苏，一刻不敢放松。

"现在什么情况？"

主治医生冈岛赶来了。

"凌晨三点三十分查房时未见异常。三点五十分，病人按铃呼叫，主诉胸痛。我赶到时，病人已处于心肺功能停止状态。我们立刻进行了胸部按压，还做了一次 AED 除颤，但心跳仍未恢复。"

我自己也能明显感觉到我的声音在颤抖，眼泪仿佛随时要掉落。

"我知道了。胸部按压先暂停，我来检查一下。"

冈岛摸了摸病人的颈动脉，又仔细看了看心电图监测器。

"患者心跳停止。重新开始胸部按压。马上建立外周静脉通道。"

"是。马上建立外周静脉通道。"

我和护士长继续进行心肺复苏，温子开始准备输液用的生理盐水和针头。大家的动作虽然很麻利，但表情都十分僵硬，紧张的情绪开始蔓延。就连平时沉着稳重的护士长，看上去也有些焦躁不安。

无论经验多么丰富的护士，遇到这种紧急情况都无法镇定。病人正处在生死攸关的紧要关头，能否唤回她的生命全看此刻。稍有闪失，一个原本可以拯救的生命可能就会消失 —— 一想到此，我不禁有些胆怯。

"静脉通道准备完毕。"

"准备一毫升肾上腺素。"

"是，一毫升肾上腺素。"

"再准备二十毫升推注用生理盐水。"

"是，二十毫升推注用生理盐水。"

温子一边复述医生指令，一边准备药物。冈岛二次确认后，接过药物。

冈岛从输液接头上注入肾上腺素，然后用生理盐水进行推注。由于病人心脏已停止跳动，直接注射肾上腺素无法通过静脉输送，因此必须注入生理盐水，帮助将药物输送到心脏。

"请停止胸部按压和人工呼吸。"

提示音再次响起。AED 每两分钟自动解析一次。

"开始心电分析。请勿接触病人。"

我们又都离开病床。这一次请一定一定 —— 我在心中不断祈祷。但结果仍是"建议除颤。正在充电。请按下除颤按键。"

温子按下除颤按键。辽子的身体又像痉挛一样剧烈抖动了一下。

"护士长，换我来按吧。"

胸部按压是个体力活儿，最好隔几分钟就交换一次。我跪在床上，开始按压。满头大汗的护士长将球囊面罩按在辽子脸上。

"加油，高峰女士，能听见我说话吗？拜托，一定要加油……"

护士长一边挤压面罩上的球囊送气，一边低声为辽子打气鼓劲。

病房门打开。我回头一看，是辽子的丈夫站在门口，他每天都来医院探望辽子。

"辽子……"

辽子的乳房袒露在外，胸部贴着好几个电极片，嘴上罩着人工呼吸器。跪坐在床上的护士正在竭尽全力按压她的胸部，病床四周围着一圈面色凝重的医生与护士——看到这种异样的情形，他不禁哑然失语。

"您是她丈夫吧？我们现在正在抢救，您先到食堂的椅子上——"

手上抱着写字夹板的山口想要将男子领到门外。可他点了一下头以后，一直瞪大双眼，呆立不动。

"追加一毫升肾上腺素。"

"是，一毫升肾上腺素，准备完毕。"

抢救在辽子丈夫的注视下继续进行。

"请停止胸部按压和人工呼吸。开始心电分析。请勿接触病人……建议除颤。正在充电。请按下除颤按键。"

辽子的身体剧烈痉挛。辽子的丈夫双目紧闭。病人仍旧人事不省。这次换护士长上床按压胸部，辽子的丈夫见状，扑簌簌地流下眼泪。

"请您先在食堂等候。"

山口语气强硬地催促道。辽子的丈夫听话地点点头，双肩颤抖着走出病房。

"高峰女士，您丈夫来看您了。快点醒过来吧，好不好？"

护士长说道。

接着又是一轮医生检查、心肺复苏、除颤、肾上腺素注射。可辽子的心跳始终没有恢复，呼吸依旧停止。

也许实在是等不及了，辽子的丈夫再次来到病房探问。刚做完第五次除颤，我正要上床准备进行胸部按压，辽子的丈夫开口了。

"就……抢救到这里吧。"

他的声音听上去悲痛欲绝，眼睛也已哭肿了，眼眶红红的。

"我妻子已经尽力了……就让她……好好休

息吧。"

冈岛医生思考了一下，平静地说道："好吧。"

"停止胸部按压和人工呼吸。"

我们只能听从冈岛的指示停止抢救。护士长面色沉痛地将辽子胸前的睡衣拉下来，遮住一直袒露在外的乳房。她的手势十分轻柔。

冈岛用手指轻轻拨开辽子的眼睑，用小手电照了照她的瞳孔。

"心跳停止、呼吸停止、瞳孔散大、对光反射消失。死亡时间，上午四点二十分。"

冈岛平静的声音在病房内庄严地回荡，辽子的丈夫早已泣不成声。

"下面我们要做遗体清理，需要花一点时间，您可以等一下吗？"

辽子的丈夫无力地趴在床边，山口走过去轻声问道。他呜咽着想要站起身，但脚下一个不稳，颓丧地栽倒在地。

"我陪您去食堂待会儿吧。能站起来吗？您扶住我。"

在山口的搀扶下，辽子的丈夫踉踉跄跄地走出病房，哭声渐渐远了。冈岛静静地对着病人的遗体双手合十致意。

"我去跟他丈夫解释一下。"说着，冈岛也离开了病房。

我愕然地望着辽子那张面无血色的脸庞。

她已经去世了——

明明马上就能出院了。

今天辽子的丈夫也来医院探望过她。他们夫妻俩一直伉俪情深，在全护士站都很有名，就连护士长也会时不时地打趣道："又来秀恩爱了。"所以，每次护士长碰到他们都特别和气。我心里一直盼望我和雅之老了以后也能像他们这样。

没想到离别竟来得如此突然。这对夫妇商量着出院后要吃点什么来庆祝时那开心的笑脸，辽子连要喝什么牌子的酒都已提前选好，他们都对马上就能出院回家深信不疑。

我是不是在查房时漏掉了什么？当时辽子应该还没出现异常征兆。白班的交接单上也没有特别交代什么。晚饭时、熄灯时，她的情况都很稳定。那为什么——

难道是因为今天一整晚我都在忙着担心自己的家人？我觉得自己在工作时精神还是非常集中的，每项工作都做得很到位，最后也并没有请假外出。我的工作应该是无懈可击的，完全没有失误。

可病人已经去世了。

都怪我——

"三田，你怎么了？脸色怎么这么苍白？"护士长仔细盯着我的脸。

"啊……对不起。"

"准备清理遗体了。你去把设备拆下来收拾好。长谷部，你去拿一套净身用品过来。"

"好的。"

温子走出病房，我侧脸看去，她的神情刚毅凛然。辽子临终时，她也曾紧张得面色惨白，不过，现在已迅速切换回职业状态。

我颤抖着取下 AED 和心电图电极片，拔掉输液针头。

这里躺着的已经不再是"高峰女士"——而是一具遗体。

如果你不是我的病人，也许就不会死。如果你是温子的病人……如果你是护士长的病人……

"这不怪你。"

护士长仿佛看透了我的心思。

"她已经到岁数了。单看支气管炎的话，确实已经有所好转，不过她刚做完卵巢癌的大手术，又经历了好几期化疗，体力肯定已经到达极限——确实很遗憾，不过我们也没有办法啊。"

"可是……会不会是因为刚才我脑子里一直在想别的事……没注意到她病情突变的征兆……"

"不会的。"

"我刚才还想要请假回家，真是太不负责任了……"

"不过，你最后不是没走吗，并没有不负责任啊。而且，刚才你去儿科帮忙发礼物时，我也去给她查过房。她的生命体征都很稳定，没有任何异常情况。高峰女士走了，确实非常遗憾，不过她的死我们谁也无法预料。"

"谢谢您。"

每个人都有自己的寿数，我们对此无能为力。

生命无常，现实又给我上了一课。尤其是在呼吸科，已经很长时间没有病人过世了，所以辽子的死对我打击非常大。

"我去把这些放回去。"

我胳膊下夹着 AED，推着心电图监测器和输液架走出病房。食堂那边传来低声说话的声音，还有一阵阵呜咽声。冈岛正在为辽子的丈夫解释病情。

圣诞树上的灯饰已经关闭，看上去十分冷清。

辽子没能迎接圣诞节的到来……

是我夺走了辽子的生命，这个念头在我心中挥之不去。抱歉、自责、懊悔，种种情绪交织在一起，我忍不住流下了眼泪。

*

▶▶　　"啊啊啊啊啊啊啊啊啊，我的眼睛！"

柿沼的惨叫声在水泥地下室里回荡着。

他双手捂着脸，跌跌撞撞地走来走去，嘴里不停尖叫。

机会来了。

我的身体仍保持坐姿倒在地上。虽然双手已经解放，但我的腰和双脚依然被绑在椅子上。我弯下腰，想要伸手解开脚上的绳子。

玻璃碎片已经刺到柿沼的眼睛里，所以我现在只能徒手解绳子。不过绳子绑得太过结实，我一时很难解开。

我摸了摸周围的地面，想看看还有没有其他玻璃碎片。在我双手能触及的范围内，只有纸屑和空的易拉罐。

我得抓紧时间。

我继续摸索，想找找有没有什么能用来割断绳子的工具。内心虽然越来越焦躁，但我很清楚，刚才那一下，肯定给了他不小的打击。肉体上的疼痛自不必说，黑暗中，忽然有一只眼睛什么都看不见了，他肯定会陷入恐慌。

柿沼一直在大声呼痛。在他的注意力重新转移到我身上之前，我必须解开脚上的绳子。这样我就能撞倒他，找到出口，重回地面。

激烈的尖叫声忽然停了下来。我还没反应过来，背上就挨了一击。我上半身扭曲着，连人带椅子一起飞了出去。

我的头重重地砸在地上。混乱中，我回头一看，柿沼打开了手机上的手电筒，照在自己脸上，仿佛在命令我睁大眼睛好好看。

他的左眼上插着一块浅绿色半透明的——好像是啤酒瓶的——玻璃碎片。虽然是我亲自动的手，但眼前的情景实在太过惊悚，令我目不忍睹。

柿沼的脸上鲜血淋漓。然而，他竟一副若无其事的表情——不，他甚至还在笑，仿佛刚才的惨叫声根本不是真的。

"喂，你给我看好了！"

柿沼饶有趣味地笑着，他用手指抓住眼中的碎片，一把拽了下来——同时拽下来的还有他的眼球，以及眼球附近的皮肤。

"啊啊啊啊啊啊啊啊啊啊！"这下轮到我大声尖叫起来。

柿沼把拽下来的东西扔到我面前。地板上，一只眼睛狠狠地盯着我，眼睛周围的皮肤上还带着眉毛和眼睫毛，看上去就像是水泥地面下埋着一个人，只有眼睛这部分被挖出来露在外面。

柿沼左侧的眼窝内没有眼球，只有一个凹洞。眼睛周围也没有任何皮肤组织，包括眉毛在内。

难道说……

"太险了，差点就麻烦了。啊——啊，把我这漂亮的小脸蛋儿都给划破了。"

柿沼嘿嘿傻笑着用袖口擦了擦脸上的血。

"没想到你居然会给我眼睛上来这么一下，真是吓死我了。你要是个左撇子，这一下我不就完了？幸好你是用右手从正面刺过来的。"

"哎呀，太险了！"柿沼反复念叨了好几遍以后，关上了手机电筒，光线的残影在我眼前四处闪烁。眼睛好不容易才适应了黑暗，这下又得过好半天才能再看到东西。

"是做了眼窝内硅胶球植入手术吗？"

"没错。不愧是大夫，知道得真清楚。"

所谓植入，是指用粘着剂等材料将人工身体配件安装在身体缺损部分的表面。这些配件制作得十分逼真，安装义手、义腿、人工乳房、医疗假发等都属于植入。

柿沼做的是脸部植入，他的义眼与眼周皮肤是一体的。

"这东西够精巧吧？我找的都是一流技师。我以前一直以为义眼就是一颗眼球，其实不是。"

柿沼开心地笑着。

唉……怎么这么不巧。

孤注一掷的一击就这么功亏一篑了，虽然有些灰心，但我很快又振作起精神。

趁柿沼现在正忙着开心地揭秘，我得赶紧想想办法。既然没有能代替刀子的东西，那就只能徒手解绳子了。

我再次弓下身，拼命伸手去够脚部的绳结。四周一片漆黑，我看不到柿沼，那他肯定也看不到我在做什么。而且他只有一只眼，肯定更看不清楚。

"我到眼科住院时，就连由纪惠都不知该说些什么好了。她很感谢我，没想到我会为她如此付出。于是我也跟她表明了心迹，我愿意为她赴汤蹈火，做比这更出格的事我也不在话下。"

他还在忙着吹牛。我得抓紧时间，赶快，赶快！

我的手已经快要冻僵了，手指上又全是伤口，根本无法自如活动。我心急如焚，一心只想拼命解开绳结。绳子嵌进我的指甲，火辣辣地疼。

绳子是解不开了吗？

我刚想放弃，脑子里忽然灵光一现。

我可以就这样逃走啊。虽然走起来不太方便，但我是可以前进的。趁他眼睛现在还没完全适应黑暗，我应该悄悄行动起来。

"然后她跟我说，她想要和我一起生活。她那个人很害羞，这些话肯定不会说出口，她都是用眼神告诉我的。所以我也回复了她，告诉她等我准备好了就去接她。

"结果我在眼科住院时，她一次都没到我的病房来过。这下我算彻底明白了，优雅内敛这个词，简直就是为了她这种女人量身打造的。"

就照这样说下去！我带着椅子一起站起身。先慢慢弓起腰，好像把椅子背起来一样，然后再轻轻迈出一步，小心地不发出任何声响。旁边有一片地上都是碎石，我要谨慎前行。

一步、两步、三步——

很顺利。虽然我看不到出口在哪里，但离那家伙肯定越来越远了。只要我能碰到墙壁，就能沿着墙壁慢慢找到门。

可是，当我跨到第五步时，突然听到柿沼提高嗓门喊道："喂，你别跑啊！"他的眼睛也一点点适应了黑暗，可能已经能够模模糊糊地看到我了。

我赶快绕到他的左侧。他那边的视野受限，应该看不到我。

果不其然，柿沼大喊道："你跑到哪里去了？"

虽然暂时躲开了他，但柿沼马上胡乱挥舞起手中的刀。刀刃砍在椅背上，清脆的声音在黑暗中回荡起来，仿佛金属球棒挥出了本垒打一样。不过，他的刀并没有砍到我，没想到椅背居然成了我的盾牌。

然而，这种幸运并没有持续下去。他也不管看不看得到我，挥着刀一顿乱砍，刀锋掠过我的头发、我的耳朵——终于砍到了我的胳膊。

刀刃轻轻松松地划破运动衫，在我的胳膊上割了个口子。我下意识地喊出声，柿沼马上锁定了我的位置。我的肩部、肘部连续中刀，但我咬紧牙关，拼命忍住，一声不吭地往他的视野死角跑。

一不留神，我已经被逼到了房间一角。柿沼挥着刀从后面赶来。我已无路可逃——只能赶紧将椅子朝外，全身缩进椅子里。

柿沼摔倒了。伴随着"砰"的一声闷响，还有一阵金属落在地上反弹发出的清脆声音。我盼着他头着地一下子摔晕过去，可他慢悠悠地又站了起来。

"疼死我了。你这家伙，真够烦人的。"

柿沼呻吟着，伸手摸索着掉在地上的刀。我趁机卧倒在地上，想要逃走。

突然——

我的侧腹一阵剧痛，滚烫发热，好像灌了铅一样。我惨叫一声滚倒在地。向下一摸，手上沾满滑腻的血。

"你个臭蟑螂，让你别跑了，听见没有？你要再惹我，可别怪我不客气了。"

柿沼语气轻蔑。

"我一开始啊，本来打算一刀捅死你就完了，可现在我发现，这么折磨死你更有意思。

"以前我看电影、电视里的那些坏人，他们总是在那儿说个不停，就是不动手，我一直觉得太假了。你让他活着的时间越长，他逃走的机会不就越大吗？说不定警察一会儿就来了，还有可能被人发现，对不对？为什么要冒那么大的风险叨叨个不停呢？所以啊，我本来打算一上来就直接捅死你。

"可现在我发现，你明知自己逃不掉，还要苦苦挣扎，看着你枉费心机的样子，真是太痛快了。我现在总算是明白了，为什么那些人要一点点地拖延时间，迟迟不肯动手。

"怎么说呢，我感觉自己现在就是神，你的命运已经掌握在我的手里。我要是想弄死你，随便动动手指就行。不过，在这之前，我要先玩个够——这种感觉，真是太爽了。"

柿沼格外兴奋，咧着嘴笑着，一个劲儿地说个不停。

我用力按住侧腹，但想要止血并不那么容易。

柿沼突然用刀尖抵住我的鼻子。这次真的死到临头了——我倒吸了一口凉气，可刀尖又从我眼前滑走了。

"所以，我决定先不着急杀你，再跟你玩……我看看啊，十分钟……不，再玩二十分钟吧。"

对于这家伙来说，这不过是一场游戏——可对于我来说，这是一场生死之战。

每次一呼吸，我的侧腹就一阵疼痛。我使不上劲儿，只能无力地倒在地上。

"喂，你听到我的话没有？我不是说再玩会儿吗？你赶紧跑起来啊。"

要是能跑，我也想跑啊。可现在我稍微一动就感觉痛不欲生，浑身上下没有一处不疼，我只能瘫倒在地上。

"我让你赶紧跑，听见没！你刚才那劲头哪儿去了？"

他用刀尖戳着我的腿和屁股。尖锐的疼痛传来，我只好在地上爬起来。

"对对对，这才像样。"

我一只手按着肚子，另一只手撑在地上拼命往前爬。

我流了好多血。不过伤口只有两厘米左右深，刚到皮下脂肪，长度最多五厘米，缝个十几针就够了。没关系，不是致命伤——我冷静地判断了一下伤势。他说还想再玩一玩，所以并没打算下狠手。

不过，我还是希望能尽快给伤口清洗、消毒，还要去除异物。那把刀已经掉在地上好多次了，肯定不干净。伤口里可能混进了沙土和玻璃碴儿。拖的时间越长，病原微生物滋生得越多。

我慢慢地，慢慢地，努力向前爬，这已经是我最快的速度了。"吧嗒吧嗒"的脚步声紧跟在我身后。他好像又拿出一根烟，四周被橘红色的光照亮了一瞬，空气中飘来一股独特的味道，我听到他向外吐烟的声音。

"我怎么觉得你好像一种新型生物，就像是进化了的寄居蟹，背着把椅子。不，更像个妖怪——'奇妙的椅子男'之类的。"

他把自己逗得哈哈大笑，好像觉得自己很有搞笑天赋。

"不过我说，你这也太没意思了。你能不能跑快点儿，上点儿难度？"

"那……你就把我的脚放开。我现在拖着把椅子，想快也快不了。"

我气喘吁吁地说道。

"哈哈哈，我才不会上你的当。我怎么可能把你的脚放开呢？我没把你的手再绑上你就知足吧。你刚才不是跑得挺快的吗？"

"那是因为你那会儿还没用刀捅我。"

"噢，是吗？"柿沼像只苍蝇似的绕在我身边，兴趣索然地咋了咋舌，"那就是说，再也玩不了刚才那种开心的追人游戏了呗？什么嘛。"

柿沼从侧面用力飞起一脚，我又被踢倒在地。

"那还有什么意思！我还是赶紧把你杀死算了。"

柿沼踢了一脚又一脚，每踢一下，我都能感到伤口在汩汩冒血。我的运动衫和裤子已经被血浸透了。

我痛得无法呼吸，也无法再动。我感到自己的身体已经越来越空。

我仿佛正躺在冰面上，冰冷的水泥地面不断吸走我的体温，我感觉自己很快就会和它融为一体。

——啊，我快要死了。

我很清楚这一点。

虚无。

悲伤、痛苦、恐惧，这些感觉全都离我而去。只剩下一片虚无。

我回忆起自己经手过的死亡病例。那些人临终前恐怕也是这种心情、这种感觉吧。

真是难以置信，再过几个小时，我就要从这个世界上消失了。

舞衣子可爱的小手，满是口水的笑脸，从纸尿裤里伸出来的圆滚滚、胖乎乎的大腿。回想起来，一切都是那么可爱。

舞衣子……

朦胧间，舞衣子快步朝我走来，一把抱住了我。不可思议的是，我竟然能感觉到她的重量和温度。

我也紧紧抱住她，她的身体好柔软，有一股香甜的味道。

原来如此。

这就是濒死之际的梦境。

我的眼前浮现出熟悉的厨房、客厅、餐厅、和室。

温暖的房间，做到一半的炖菜，案板上甚至还有切好的胡萝卜丁。

婴儿床的旁边放着治疗哮喘用的雾化器。舞衣子不喜欢做雾化，所以我在雾化器上贴了她最喜欢的动漫贴纸，又在上面摆了一个她最爱的毛绒玩偶。这是专门为她定制的雾化器，全世界独一无二。

没错。这就是我和由纪惠、舞衣子一起生活的房间。

什么嘛，肯定这里才是现实世界。

什么被监禁、被追杀的，怎么可能会发生这种事！

我紧紧地抱住舞衣子。可能是抱得太紧了，舞衣子挣扎起来。

"对不起，对不起。"我赶忙松开手臂，"哮喘没发作吧？我来听听胸音。"

不知什么时候，我的手里多了一个听诊器。

"舞衣子，我要来听听看喽。"

担心听诊器太凉，我把它握在手掌心里焐热了。我把听诊器贴在舞衣子的胸前，她可能感到有些痒，"咯咯咯"地大声笑起来。

啊，我好幸福啊。

好像已经幸福到了极点——可是，为什么我会如此不安呢？

明明房间里又温暖、又平静、又快乐，可不知为什么，我却感觉浑身冷冰冰的。明明舞衣子就在我的怀中，我却感觉她好像马上就要消失。明明没有计划要出门，我却感觉我们马上就要说再见。这究竟是为什么？

忽然，我的身体受到一阵冲击，整个人都弹了起来。

舞衣子消失了，房间消失了，光线也云消雾散——我被丢在冰冷的水泥地面上。

一只穿着运动鞋的脚踹在我的肚子上。

"喂，你醒啦？"

一个男人的声音。

"我还以为你已经死了呢，急坏我了。我还想再跟你玩儿一会儿呢。"

他猥琐地笑着。

唉，原来这里才是现实世界啊。

我甚至没有感到绝望。

随便吧。

我已经筋疲力尽了。

痛苦、难受。

反正干什么都是白费力气，干脆杀死我算了。

我闭上眼睛。舞衣子的形象鲜明地浮现在我眼前。我的手上还残留着怀抱她时的触感，鼻子还能闻到她的气味。或许神也觉得我可怜，让我在临死前还能再见她一面。

小学、初中、高中、大学——我一直希望每次她升学时，都能和她一起在樱花树下合影。我想等她带男朋友回来时，大怒一场把那小子赶出门；我想在她婚礼上崩溃大哭；我想要看着她长大；我还想和她一起创造更多美好的回忆。

我不相信灵魂的存在。我觉得人死了，一切就都结束了——没错，我深知这一点。因此，我从不抱什么浪漫的幻想，不会盼望死后还能默默地守护她，或是永远待在她的身边。

我会就这么永远消失——从舞衣子的记忆里。不……其实对于幼小的舞衣子来说，她的记忆里可能根本没有我。

也就是说，对于舞衣子来说，我是一个从一开始就不存在的人。

一想到此，一种前所未有的恐惧包围了我。

——不行。

我咬紧牙关，积聚起全身的力量。

——我绝对不能在舞衣子的人生中缺席。

昏迷期间，我的体力已经得到些许恢复。我站起身，这次我不再爬了，我双腿站直，背着椅子踉踉跄跄地跑起来。

"不错不错！这才像样！"

柿沼开心地笑着，提起刀向我追来。我尽量躲在他的视野死角里，拼命向前跑。速度比我预想的要快很多。

突然，我撞到了什么东西。

开始我以为是墙，但触感又不像水泥，而是金属。该不会是——我满怀期待地上下摸索着，竟然摸到了门把手。

——是门！

我急忙用力拽，拽不开。推，也推不开。我焦急地又推又拽，门吱吱乱响，就是纹丝不动。

"虽然我的计划是迅速了结了你，没打算让你在这儿跑来跑去，不过——"背后传来柿沼不紧不慢的声音，"门我总还是要锁的吧，哈哈。万一有人进来呢？"

刚刚燃起的一点希望又破灭了，这次带给我的打击比刚才更大。我仔细摸了摸门把手，好像不带锁舌。这样的门只要锁上了，就没办法暴力打开。找机会逃出去是不可能的了。也就是说，要想出去，我只有打倒这个男人才行。

不过，我没时间停下来。我马上放开门把手，沿着墙继续前进。

"嗯，再玩个十来分钟吧。"

柿沼的声音听起来不慌不忙。就在这时，我撞上一个从墙里突出来的东西。那东西的高度只到我的胸部，摸上去不像水泥，感觉像是木头，而且边角处略带弧度——应该是吧台。

我赶紧摸索着找到吧台的入口。入口的大小刚好够我带着椅子进去。恐怖与期待在我的内心交错：这就是一个死胡同，要是他追过来，我必死无疑，可里面说不定能找到以前店员用过的菜刀什么的。我犹豫了一下，还是走了进去。我要碰碰运气。

"嚯，你要进那里去吗？这个店关张以后，连我都没有再进去过呢。反正里面已经不剩什么了。"

很明显，他就像在看热闹。

我拼命在吧台里摸来摸去。好像有个架子，但我什么东西也没有摸到。我又在地上找了找，除了一些宣传单和旧报纸之类的废纸外，地上就只有一片灰尘与沙粒。

我又翻了翻冰箱里面，只摸到一些干巴巴的虫子尸体。我打开餐具柜，翻遍整个柜子，终于在里面摸到一个硬硬的东西——是一把一次性塑料餐刀。

我知道这种餐刀肯定不会很快，但这已是我最后一根救命稻草。我用餐刀有锯齿的部分用力锯脚上的绳子。只可惜餐刀太软，一蹭就弯，但我不肯放弃，一直用力锯。

餐刀"啪"的一下折断了。

我咋了咋舌，将没用的碎片往地上一丢，碎片轻轻落地，发出廉价的声响。

就没有别的什么了吗？哪怕不能割断绳子，只要能把绳结弄松一点儿也行。要是能找到什么细一点的东西，可以插进绳结里就好了。地上哪怕有一根牙签也好。

我突然抓起刚才扔到地上的餐刀碎片，其中有一片裂开后变得很细。

就是它了，反正也没别的选择了。我试着把它插进左腿的绳结里。一开始，绳子很硬，塑料碎片被弹回来好几次，但我插来插去，竟然真的插了进去。绳结被我一点点捣鼓松了。

太好了！

有了缝隙后，我把手指伸进去，用力向外一拉，绳子松动了一点。我继续用力，绳子被我越拽越松，终于，拽到我的脚踝能钻出去的程度，我的左脚总算是自由了。

之后我用同样的方法将右脚也解放出来，有了上一次的经验，第二次速度快了不少。

难以置信。

到了这一步，后面就是我的主场了。我的腰还被绑在椅背上。我紧缩腹部，尽量给自己制造出一些空间，然后像蜕皮一样把腿从运动裤里褪出来。好在我的衣服够厚，所以绳子绑得不是特别紧。从椅子里钻出来后，我重新穿好裤子。

"我说，你怎么特意找了个没有出口的地方钻进去？这可就是你的葬身之地了，节哀吧。"

柿沼一副胸有成竹的样子，他肯定以为我还是那个背着椅子的怪样子。他不知道我已经自由了，再也不是他眼中的怪物或妖怪。

来吧，接下来我的反击就要开始了，我已经迫不及待。

不到最后我决不放弃。

为了舞衣子，为了由纪惠。

我一定要活着离开这里 —— 即便要把这个人杀死也在所不惜。

我要快点回家才行。

一刻も早く家に連れて帰ってやりたいので。

我流着泪收拾完仪器，马上跑去卫生间洗了 ◀◀
把脸。

　　很久不曾遇到的死亡，一下子击垮了我。虽然
同为呼吸科，但与经常需要做手术的呼吸外科不同，
呼吸内科的病人患的多为慢性病，极少遇到死亡病
例。病人一旦出现危重情况，马上会被送到ICU，大
部分都是在那里停止呼吸。因此，我以前几乎没有
在呼吸内科送走过病人。

　　镜子里的我两眼通红。这副样子实在不符合护
士的职业形象。我用力拍了拍两颊，重振精神准备
返回病房，为病人净身。

　　走过食堂时，我发现这里已经熄灯了。冈岛医
生已经离开，只剩下辽子的丈夫独自一人孤零零地
坐在黑暗中，他用手帕捂着脸不停哭泣。我不知该

对他说什么好，只能默默鞠了一躬。我正要继续向前走，他忽然叫住我。

"请问……你是三田护士吧？"

"是的。"

"我妻子一直承蒙你照顾，非常感谢。"

"哪里……"

我一阵哽咽，辽子的丈夫却破涕为笑。

"你也哭了啊，眼睛都红了。"

"其实，我……"

我是不是还有什么没做到位？难道真的无法阻止她的死亡吗？懊恼之情始终萦绕在我的心头。我无法用语言将自己的情绪表达出来，只能任由泪水溢出我的眼眶。

"谢谢你总是这么惦记着我妻子。其实她只不过是你众多病人中的一位而已。"

"您妻子……真的对我特别好。"

"啊，你好像经常找她讨教夫妻关系的问题。她的建议很管用吧？就是有时候太凶了点儿。"

他笑了笑。

"别看她在你们面前总是笑眯眯的，其实在家里可吓人了。吃饭前我要是没洗手，她照着我的手就是一巴掌；我要是光挑自己喜欢吃的菜夹，也会被她骂；要是喝完酒直接睡着了，她还会把我叫起来刷牙。是不是很过分？"

"这不是把您当小孩子了吗？"

我也不由得笑起来。

"就是说啊，天天跟我闹脾气。不过，我每次也就嘴上应付应付，其实啊，既没洗手，也没刷牙，这些年就这么装没事人似的混过来了。唉，可是——"

他的笑容一下子扭曲起来。

"我以后，再也听不到她跟我发脾气了……"

"高峰先生……"

我也被他的情绪感染，泪盈满眶。是不是我夺走了他的幸福……

"对不起啊，我一个大男人，怎么还当着你的面流起眼泪来了。"

他用手帕按了按眼角，忽然目不转睛地盯着手帕看起来。

"这条手帕也是辽子给我熨的，就在她要住院的那天早上。真没想到她再也不能回来了。她一直盼着圣诞节能申请临时出院，吵着让我赶紧把圣诞树装好，我昨天好不容易给弄好了。可是……"他压抑着自己的声音，肩膀不停抽动。

"啊，太丢脸了。对不起啊，把你给叫住，你正忙着呢吧？"

"没事，我也很想跟您聊一聊。"

"对了，我得把这个交给你。"

辽子的丈夫递给我一个托特包，包上绣着花朵图案。我打开包，里面有一件崭新的淡紫色和服和一个小化妆包。

"这是……上路套装。"

"什么？"

"她希望死了以后能给她换上这身衣服，再用这些化妆。自从得了癌症以后，她就一直把这个包放在门口，说是出现什么紧急情况马上就能用。"

"原来是这样啊……"

"今天我接到电话时，别的都没顾上拿，从门口抓起这个包就跑过来了。虽然我心里一直盼着，永远也不会有用到它的那一天……"他的声音开始颤抖，又呜咽起来。

我的眼泪也涌了出来，连忙低下头。

"这……这就是女人心思吧。"

呜咽声中，我听到他轻声说道。

"她准备这些东西，可……可能是为了到最后也能漂漂亮亮地……出现在我面前……所以，能不能请你……"

我抹抹眼泪，用力点了点头。

"我觉得您夫人的这份女人心思很可爱，她肯定是想在自己的爱人面前一直保持最美丽的形象。您放心，我们一定用心把她打扮得漂漂亮亮的。"

我深深鞠了一躬后，向病房走去。身后的呜咽声一直没停。

我心中一阵悲戚。

"对不起，我回来晚了。"

护士长和温子已经开始默默地为病人净身。我也套上蓝色的一次性防护服，戴好口罩和手套，对着遗体双手合十致意后开始工作。

第一步是用热的湿毛巾擦拭全身。遗体下铺了一张一次性床单，我将遗体侧过来，脸盆放在她的身边，按压腹部，排空里面的残留物。她的阴毛基本已经掉光了，仿佛在诉说着服用抗癌药后产生的副作用所带来的苦痛。

为了抑制腐烂、预防口臭，我用沾了消毒液的纱布仔仔细细地擦拭她的口腔。通常到这一步为止，我还感觉不出自己是在清理遗体。因为，这和平时的病人护理其实并没有太大区别。

然而接下来，进行到填塞鼻子、嘴巴、耳朵、肛门等孔道的环节时就会明白，啊，原来这个人真的已经去世了。她再也不会呼吸，不会进食，什么也听不到，无法排泄，也不会再有生殖行为。

我将棉花塞进她的喉头。先塞一块吸水性较强的脱脂棉，然后再塞一块防水棉，以防刚吸出的水分渗出。近年来，有些地方会注入啫喱来代替棉花防止体液渗出，不过，这家医院采用的仍是传统的方式。

无论是功成名就的伟人，还是腰缠万贯的富豪，最终都要将身体袒露在别人面前，任人摆弄，最后塞进一团棉花。我一直认为这副样子绝对不能被遗属看到。这项工作绝对称不上洁净或静谧，但不知为何，我从中感到一种前所未有的肃穆气氛。

用沾满消毒液的纱布擦拭了遗体全身后，我们准备为她穿衣服。

"这是她丈夫送来的。"

我从托特包中取出淡紫色的和服。肃杀的病房内似乎悄无声息地开出朵朵鲜花。

"这个颜色一看就是高峰女士挑的。"护士长说。

"是啊。很有品位。"温子也轻轻地点了点头。

我把和服右襟搭在左襟上，竖着系好腰带。然后取出化妆包，里面装着化妆水和乳液套装、粉底、眉笔、腮红和口红。这些化妆品并不是百货商店专柜里卖的高级品，而是超市或药妆店里价格稍贵一点的轻奢品。不愧是端庄文雅的辽子，化妆品的颜色不会太过浓艳，与和服很搭。

住院期间不能化妆，又整天穿着病号服，所以根本看不出一个人时尚与否。不过，我觉得辽子无须华贵的衣服，也能展现出良好的着装品位。

我仔细将化妆水和乳液涂在辽子的脸上。可能她已经从其他病人那里听说，做好保湿的话，死后上妆脸色看起来会更好。

"妆还是我来化吧。她的妆恐怕跟年轻人的不一样。"

护士长说着，熟练地拿起粉底霜，开始为辽子上妆。由于服用抗癌药的影响，辽子的头发也快掉光了。护士长将粉底一点点晕开，使额头与头部的颜色衔接得非常自然。

"我以前在癌症专科医院工作时，每天都要做这个。"看到我钦佩的眼神，护士长解释道。

"能把那边的照片递给我吗？"涂完粉底后，护士长指了指一旁的相框。

那是一张辽子与她丈夫的合影。两人手挽着手，身后是海上的红色鸟居，好像是在严岛神社拍的。温子将照片递给护士长。辽子的眉毛也掉了不少，护士长对着照片，小心翼翼地为她描画眉毛。

"眉毛最重要，差一毫米，给人的感觉就截然不同。"护士长边画边说，"我们必须尽量恢复病人生前的样貌。"

画好眉毛后，又涂上腮红和口红。辽子的样子看上去非常标致。

护士长将辽子的手合十放在胸前，脸部蒙上一块白布。

"手指甲没问题，脚指甲也不长吧？"

听到护士长的话，温子立刻检查了一下辽子的脚趾。

"没问题。"

"那，长谷部，你去把她丈夫叫进来。"

"好的。"温子走出病房。

前一刻，这还是一条鲜活的生命，一个活生生的人。而现在，就只剩下一副人形的躯壳。此刻，她的肉体还在，但很快也要消失。以后只能在照片或录像中才能看到她，再也无法触摸到她。她再也不存在于这个世上。

温子领着辽子的丈夫走进病房。他看上去比刚才更加憔悴。

辽了的丈夫站在床边，静静地双手合十。

"她……已经轮回转世了吧。"

他行礼后说道。

"她已经不再是我的妻子。她已经走了。"

他用手帕擦了擦眼泪，又重新对着遗体鞠了一躬。

"谢谢你们把她打扮得这么漂亮。"

"这多亏了您太太提前准备得非常周到。"

护士长微笑着回答。

"是不是？这家伙……做什么事都特别周到。我的事全都是她一手包办的，可我什么也没有为她做过。"

"您不是每天都来医院看她吗？把她要洗的衣服拿回去，还给她送各种好吃的。这可不是什么人都能做到的。"

"我以前一心扑在工作上，家里的事从来没管过，孩子上学什么的也全都交给她，她跟儿媳妇闹别扭时，我一直假装看不见。我总觉得，过日子不就是这样吗？总想着等退休以后有时间了，再好好补偿她。可没想到，我刚退休她就确诊了癌症，一直在养病，哪儿都没去成。她一直说想出国旅行一趟。唉，没想到我所谓的补偿，就只是到医院来看看她。"

他用力擤了擤鼻子。

"这个世界上再也找不到她了……有时间对她好的时候我真该好好珍惜，我真是太蠢了。我们俩也吵过架，还吵得挺厉害，她也闹过要跟我离婚。可这些事，都是因为她身体健康才有精力做的啊。这一切的一切，都只有活着才能做到啊……"

辽子丈夫的话重重压在我的心上。

"对不起啊，让你们听我发了半天牢骚。我回去了，我想早点把她送回家。"

"那，您都安排好了吗？"

"车子已经在下面等着了。该怎么做，她全都给我写好了，要找哪家殡仪馆、通知哪些朋友、给吊唁的人回什么礼，所有的事她都安排好了。她人虽然不在了，但还一直在发号施令呢。"他总算露出一丝笑容。

等他收拾完病房里的行李，我和护士长用担架将遗体搬到楼下。走到门口，果然有一辆灵车等在外面。将遗体装上车后，车门关闭。

"谢谢你们。"辽子的丈夫坐在副驾驶的位子上低头致意。

我和护士长也深深地低下头。灵车开走了，我们俩一直低着头，直到引擎声完全消失在远方。等到抬起头时我才发现，天已经开始亮了。

"永远也无法习惯。"护士长轻声地自言自语道。

"什么？"

"这种事真是永远也无法习惯。每次送病人上路，我的心里都像要裂开一样。"

"您到现在还这样吗？"

"我就是因为受不了这个，所以平时一直有意识地让自己不要去想。我刚上班那会儿，老护士教过我，'不要把患者看作是一个人，要把他们当成是一个东西。'这句话并没有什么恶意，因为不然的话，这份工作你就干不下去。可我还是……无法消除心中的郁结。到底什么是生？什么是死？从事这份工作以来，我每天都在想这个问题，不过，到现在也没有想出答案。"

护士长无奈地摇了摇头，穿过小门走进医院。我也跟在她身后走了进去。

"我工作到第五年，正好是你如今入行的时间，实在是无法忍受病人在我面前去世的痛苦，于是就去当了助产士。"护士长边说边走进员工电梯。

"您有助产士的资格证吗？"

护士的工作这么辛苦，居然还能抽出时间去考助产士的资格证？

"我再也不想看到死亡了，我要到生命诞生的地方去 ——我抱着这个念头一心努力学习，上夜班时也不睡觉，所有时间全都用来看书，总算把资格证给考下来，换到了我心心念念想去的产科病房。小婴儿真是太可爱了，那一段时间我过得特别特别幸福。不过，产科也不全都是开心事，也会遇到流产、死产、患有重度先天疾病的婴儿……这时候我就又会感到特别特别痛苦。"

"是这样的啊……"

"所以最后，我又不干助产士了，重新回到了这里。我当护士这三十年，可绝不是一路意志坚定走过来的 ——不如说，我一直在迷惘，一直在碰壁，一直伤痕累累地坚持到现在，仍然在不停地寻找出口。其实我这个人胆子很小，又意志薄弱。我不愿意看到有人受苦，有人去世。所以我一直拼命努力，希望他们都能恢复健康，都能笑着出院。仅此而已。"

"原来您也这么纠结啊。我一直以为您是个女超人。啊，我可没有对您不敬的意思 ——"

"哈哈哈，我明白。在你们眼里，我就是个女强人，干什么都风风火火的。"

"是的。"

见我答得这么痛快，护士长笑了。

"我才不是那样的人呢，这下你明白了吧？不过，正因为我自己是这么想的，所以可能会不自觉地对身边的人非常严厉，希望你们能意志坚定，好好努力，志向高远。所以，我承认，我确实对你们比较凶。"

护士长笑过之后，马上又严肃起来。

"我知道，你肯定也很迷惘。看到你，就想起年轻时的我。如果你能再多碰几次壁，再努努力，肯定还会成长。可惜啊，在碰壁之前你选择了逃避，看得我心里特别着急，有时候可能忍不住就会凶你。"

"原来是这样啊……"

"护士绝对不是一份轻松的工作，又得上夜班，又得经历生死。但我相信，这是一份值得尊敬的职业，是一份令人骄傲的职业。等孩子大点儿以后，我希望你一定要再回到这个工作岗位上来。你是一名非常优秀的护士，尤其是你对病人的关爱，是自然而然流露出来的。能做到这一点的护士非常可贵。"

"我哪有……"没想到在护士长眼中，我竟然是这样的，"谢谢您。"

电梯到达呼吸科病房的楼层。护士长有些不好意思地说："不小心说多了。我去查房。记录就拜托你了。"她笑着走出电梯。

护士长迅速切换回工作模式，赶去查房。我回到护士站，开始往电脑里输入死亡记录。从在护士站接到呼叫跑到辽子的病房，一直到送走辽子，一幕幕像放电影一样在我眼前闪过，我的眼泪又流了下来。

整理好记录，我来到辽子住过的病房，换上新床单，重新整理好床铺。我取下挂在床边和墙上的名牌，用酒精给病房里可能会被触碰到的地方消毒。擦拭电视时，我发现上面还插着预付费的电视卡。不知她最后看的电视节目是什么，我只能默默地取下电视卡。

我茫然地望着空荡荡的病房，朝阳透过窗口洒在空无一人的床上。床单白白的，辽子存在过的痕迹仿佛已被阳光晒褪了色。

远处响起的呼叫铃声将我拉回现实。晨检开始了，又要给病人测量体温和血压、换液、发药、采血、更换体位、换纸尿裤，我又开始忙碌起来。

"早上好。"

"辛苦啦。"

打招呼的声音四处响起，护士站里白班护士的身影多了起来。我赶紧看了看表。再有半小时就该交班了，都到这个时间了。我赶紧将电子病历整理好。在我的想象中，最后几十分钟我一定会感慨万千，但事实上，我根本没时间沉浸在感伤之中，或许这样也好。

"下面开始交班。大家集合。"

护士长一声令下，白班和夜班的所有护士全都集中到一起。

"首先，很不幸，30号房的高峰辽子女士去世了。然后是32号房的中村先生，出现了痰中带血……"

辽子的死讯出现在交班报告中。那几小时的经历只用几秒钟就交代完了。但这绝非无情，护士长短短的一句话，无疑会令在场的每一位护士都回忆起她们曾经经历过的死亡现场，心生肃穆。

今天晚班交接时，应该会再次汇报辽子的死讯。但从明天开始，就不会有人再提到这个名字，她的电子病历也不会再被调出。病房已恢复原状，今天下午恐怕就会住进新的病人。护士也会接收新的病人，就当什么事都没有发生过，一切重新开始。

我深刻地体会到，这份工作竟是如此令人伤感。

然而 ——

我望着正在交代工作的护士长，她也是一路迷惘、一路纠结地坚持到现在的。

以前我一直以为，她跟我不是一路人。但现在我发现,她也曾是一名不成熟的护士,就像现在的我。她也曾经困惑过,受伤过,烦恼过。她并非从一开始就是女超人。她也是从烦恼中一步一步前进,不知不觉才走到现在这种高度的。

我要不要……也以此为目标?

即使我到达不了她那种高度,至少也可以继续坚持走下去吧?

"……我要说的就是这些。另外,还有一件事,三田护士,今天就要离职了。"

忽然听到自己的名字,我不由得吓了一跳。大家都一边鼓掌一边望向我。

"谢谢大家,感谢你们对我的照顾。我……我……我以后还会回来的!"

脱口而出的这句话,我从未想过会从自己嘴里说出来。

掌声恰好在这时停下来。

"等孩子大一点,我还想再回到这里来。短时间内可能有些困难,不过,再过一年或是两年……"

护士长呵呵地笑了起来:"我就等你这句话呢。以后一定要再回来跟我们一起干哦。"

护士长伸出右手。我也伸出手和她的手握在一起。我感到自己已经得到了她的认可,我们是平等的。

"你要注意身体哦。来，这个送给你。"

护士长从背后取出一束花，红色的玫瑰搭配着松果、棉花、刺叶桂——也不知她是什么时候准备的。

"好漂亮……是圣诞捧花。"

她们竟然为我如此精心准备，我的眼眶一热。

"还不错吧？喜欢的话就摆在家里，这可是我的得意之作。"护士长骄傲地说。

"欸？难道这是……"

"我设计的。我正在学插花，看不出来吧？"

"哪有哪有。我非常开心。真的非常感谢您！"

我对着护士长鞠了一躬，然后又对着大家鞠了一躬。掌声再次响起。我看到温子眼含热泪，比其他人鼓掌鼓得更加卖力。

"大家也多多保重，再见了。"

"再见了，三田。"

一片掌声中，我向更衣室走去，走到半路，我又转过身给大家鞠了一躬，然后马上快步走进更衣室。接下来就要迎来一天中最繁忙的时段，大家为了欢送我已经耽误了很长时间，迅速离去才是这里的职场礼仪。

我换好衣服，开始收拾衣柜里的杂物。手机从包里掉了出来。我眼前一下子浮现出今天发生的一系列事件。因为担心舞衣子而偷偷躲在这里发信息，似乎已经是好几天前的回忆。雅之现在可能睡得正香，我仿佛能听到他的鼾声。他们俩在家平安度过了一夜，我却在这里接触了死亡，我跟他们仿佛生活在两个不同的世界。

不过，我马上就要回到他们那个和平的世界了，而且会在那里停留很久。

我将制服叠好放进更衣柜，然后把我自备的护士鞋用束口袋装好塞进包里，最后取下贴在柜门上的名牌磁贴。

我悄悄走出更衣室。呼叫铃又响了，所有护士都在忙碌不停。已结束夜班工作的护士长和温子还在对着病历说些什么。前一刻，我还属于那个世界。我曾迫不及待地等着离职日的到来，而现在却感到十分不舍和留恋。我最后又深深地鞠了一躬，才走进员工电梯。

走出门时，我忽然想到送别辽子夫妇时的情景，不由得停下脚步。辽子的丈夫已经在家里摆好了圣诞树，而跟他一起回去的妻子却再也无法开口，不知他现在究竟是什么心情？

今天，我能够和舞衣子、雅之共同庆祝圣诞，绝非什么理所应当的事——这一切的一切，都只有活着才能做到啊。

辽子丈夫的那番话重重地压在我的心头。

虽然我做护士做了这么多年，但一直很难真切地感受到死亡的力量。今晚，当死亡真正摆在我面前时，我终于认识到生命是如此有限。

迟早有一天，我也会死。

雅之也是。

把生命浪费在生气与吵架上，实在是太可惜了。

没有哪对夫妻能一开始就琴瑟和鸣，都是需要双方一起努力，不断磨合的。正如护士长不是一天就当上女超人，高峰夫妇也绝非一开始就情投意合。他们也曾大吵特吵，还曾闹过离婚，正是克服了重重困难之后，他们才成为一对人人羡慕的佳侣。

我和雅之现在正处于人生的分岔路口，既可以向好的方向发展，也可以向坏的方向发展，而决定权就掌握在我们自己手中。

当然，我们也不可能一下子就懂事起来，不可能一下子就只为对方着想。以后我们肯定还会发生很多碰撞，还会彼此伤害。不过，只要我们能在这个基础上，一起不断成长就好了——难得我们现在还活着。

关于以后重返医院工作的事，回去之后，我要和雅之商量一下。为了实现这个目标，我需要他在家务和育儿方面给我更多帮助——不，我希望他能够作为当事人负起更多的责任，这一点我一定要跟他说清楚。也许我们会为此争吵，甚至还会朝对方乱扔东西——一想到此，我甚至觉得有点好笑。

无论如何，今天我们要好好庆祝一下。难得一起过圣诞，一堆开心的事在等着我呢。

我要快点回家才行。

我终于迈开脚步。清早的阳光耀眼夺目，冬日的凛风拂过我的面颊，感觉十分清爽。我快步踏上回家之路。

*

"对了，来点音乐怎么样？"

柿沼好像取出了手机。手机屏幕发出微弱的光，在黑暗中亮了起来。

"听点什么好呢？由纪惠从来不听外语歌，所以我这里一首外语歌也没有。我看看，播放列表在……"

一首轻快的 J-Pop 响了起来。我躲在吧台里偷偷往外一看，柿沼正在房间里走来走去，他嘴里随着音乐哼着歌，手臂和着节拍不停晃动。

太好了，他的注意力不在我身上。音乐声又很好地掩护了我，不用担心被他听到我四处摸索的声音。同时，他为了听音乐，不知把手机放在了什么位置，淡淡的蓝光投在天花板上，整个房间都变得模模糊糊起来。

我借助着一点微光，将手伸进吧台内部仔细寻找。由于刚才被绑在椅子上，很多小地方手都伸不进去，现在终于可以活动自如了。吧台角落里，有一个硬硬的东西，我拿过来一看，是一个玻璃杯。杯子又轻又薄，一看就是便宜货。不过，总比什么都没有强。我的手又碰到了什么东西，我满心期待地拿过来，发现是一个喷雾罐。我努力辨认这是什么喷雾，无奈什么也看不清楚。不管里面装的是什么，恐怕都很难成为决定性的武器。我有些失望，继续寻找。这次，我发现了一个空酒瓶。这东西不错，有一定的厚度，也够重。要是他走过来，我可以用酒瓶砸他。

"这首，然后是这首，再然后是这首……这就差不多了。嗯，完美！"柿沼开心地说道。

一开始我没听懂他说的话是什么意思，但马上我就起了一身鸡皮疙瘩。他的意思是说，再有三首歌的时间，我的生命就要结束了。

我必须赶在歌曲播放完之前，想办法跟他决一胜负。

"喂——这样太无聊了，你快出来呗！"

对了，我刚解下来的绳子说不定也能派上用场。还有那把椅子，也能当成武器。还有什么……还有什么……要是能有把菜刀什么的……

昏暗中，我趴在冰冷的水泥地面上，两只手到处摸索，不放过任何一个角落。地上有好几只昆虫的尸体，很可能是蟑螂。我很讨厌虫子，要是平时摸到它们，我早就大叫起来了。可现在身处生死边缘，不管是摸到虫子，还是差点吃到虫子，我心中都毫无波澜。看到它们，我甚至感到一丝安慰，仿佛它们是这里与地上世界依旧相连的唯一证据。

首先，我得想办法把他吸引到吧台前，让他探头往里看。这样，我就能举起喷雾罐往他脸上喷，让他什么也看不见。然后我再趁机站起身，用酒瓶砸他脑袋。把他打倒在地后，我从吧台里出来，用椅子拼命砸他。趁他半死不活的时候，再用绳子勒住他的脖子——

这个计划好像行得通，我激动得咽了下口水。

"我在叫你呢！"

哼歌的间隙，他对我喊道。

"你要是个身上长椅子的怪物或妖怪，那我是什么好呢？戴斯特洛伊亚[1]？假面骑士Buster？嗯，感觉好像都差点意思。还有没有什么更帅气点的？"

我怎么才能把他叫过来呢？

"喂，你赶紧出来啊。咱俩再玩一次追人游戏。要不然，多听这三首歌不就没有意义了吗？我还想再跟你玩玩呢。"

"那你过来不就得了。"

"什么？"

完了，这句话说得太明显了，可能会引起他的戒备。

"你那儿就那么大点儿地方，怎么玩追人游戏啊？"

他不高兴地咋了咋舌。喂！我才是想咋舌的那个好不好！如果他不肯过来，刚才那套计划就无法实施。

"怎么才能让你这个怪物出来呢？我觉得我现在就像一个探险家，正踏入人迹罕至之地寻找神秘生物。在这儿转来转去，埋伏等待，就像电视里那个

---

1 《哥斯拉》系列电影中出现的一只怪兽。戴斯特洛伊亚的第一次出场是1995年的《哥斯拉 vs 戴斯特洛伊亚》。

什么猎人似的……啊，对了！"

柿沼大声喊道，声音简直盖过了音乐。

"猎人！就是猎人！这个词好！神秘生物猎人！简称MCH[1]！怎么样，酷不酷？像不像游戏里的名字？"

柿沼一个人兴奋地拍着手。

"最近我们接到观众来信，说这里出现了由椅子进化出的生物，于是我们来到现场探访。没错，就是现在街头巷尾都在热议的'椅子人'！这里位于地下深处，又黑又冷，不过，我不会轻言放弃。请大家跟随我，猎人柿沼，一起出发去探险！"

他模仿主播进行播报完，刚好第一首歌结束了。第二首歌很快响起。

"我好像听到了什么声音。咱们赶紧过去看看。"

他要过来了。我藏在吧台下，手中牢牢握住喷雾罐和酒瓶。不知他会从哪边探头，要是没喷准可就完了。第一下如果不能搞定他，就会暴露我现在的情况。他还不知道我已经摆脱椅子，完全自由了。如果暴露，可就麻烦了。

第二首歌节奏明快，明显有些不合时宜。音乐

1　神秘生物猎人（Mysterious Creatures Hunter）英语的首字母缩写。

声很吵，我听不到他的脚步声。他在哪里？他会从哪边过来？

为了防止暴露，我依旧坐在椅子上，垂着头等待时机。我选择了吧台中央的位置，这样无论他从哪边探出头，我都能及时应对。"吧嗒"，脚步声响起。是左边！我迅速移到左侧，两手握住武器，做好准备。

"啪！"

没想到柿沼的脸突然从吧台右侧探了出来。怎么会这样？我一下子僵住了，脑子里一片混乱。目前这个位置距离他实在太远。

我猛地回过神来，赶紧把紧握武器的双手藏到背后，同时把头也缩了回来。

他会不会已经看到我的武器了？是不是也发现我能离开椅子了？如果发现了，他可能马上就会对我发动攻击。

我把身体缩成一团，屏住呼吸，做好防备。

"呜噢，我好像隐隐约约能看到一点了！各位观众，原来这个传言竟是真的！这里就是椅子人的巢穴！"

他的语气十分轻松，应该还没看清我的样子。我暗暗松了一口气。

听上去，他的声音距离我刚缩回头的位置很远。这时，我才终于发现，由于刚才头部和脸部连续被击打，我的听力已经受到损伤，各种声音听上去都很不自然，说不定有一边的鼓膜已经破裂，我似乎无法再依赖自己的听觉了。

好不容易等他来到我伸手就能碰到的地方，却没能成功发动攻击，这令我感到十分懊恼。不过，欲速则不达，机会只有一次，我决不能失败。

"各位观众，想不想彻底看清楚椅子人的样貌？大家都很感兴趣吧？今天如果不能为大家展现椅子人的全貌，我猎人柿沼将自废名号！我一定会把他从老巢里揪出来。下面，我们就来一起看看我会如何引诱他，就用这串钥匙！"

一阵金属碰撞的声音后，金属落地的尖脆声响起。

——钥匙？

这个意想不到的词令我的心脏猛烈跳动起来。

是啊！就算杀死这家伙，没有钥匙的话我也逃不出去。

钥匙。

只要能拿到钥匙，我就能逃出去。我悄悄探出头，想要看个究竟。

"啊，好像有什么东西露出来了！是他的脑袋吗？"

我赶紧把头缩回去，不能就这么毫无戒备地出去。

"看来椅子人对这个诱饵很感兴趣呢。"他笑了笑，"喂，钥匙在这边！快出来吧！"

把酒瓶砸过去怎么样？把瓶子砸他头上，趁他还没反应过来时用椅子偷袭，接着捡起钥匙逃走——

我观察了一下，柿沼叼着烟，正在点火。"噗"，他吐了一大口烟。

这会儿他肯定已经放松了警惕。

我瞄准目标，用力将瓶子扔了过去。酒瓶对着柿沼直飞过去。

加油！我望着瓶子的轨迹，内心不断祈祷。

可是……

瓶子破碎的声音响起，酒瓶落在柿沼身边，根本没有碰到他，就差了一点儿。我赶紧将身体藏到吧台下。

"欸，这是什么？太搞笑了，这就是你的武器吗？"

柿沼拍着手大笑起来。

"各位观众，椅子人好像还会使用原始武器！啊，太有意思了！这位大叔太搞笑了！果然，两手解放后，反击的力度增大了不少！你要是不想玩追人游戏，玩这个也行。"

第二首歌也播放完了，我的胃一阵抽搐。

还有最后一首，要么杀死他，要么被他杀死。

"那咱们就玩砸人游戏吧。接住喽！"

他把还没熄灭的烟头扔过来。烟头从我耳边擦过，没有砸中我。好险！我刚要踩灭烟头，心中忽然一动。或许我可以再把它扔回去。

"再来点儿什么好呢……啊，这些瓶子碎片我先不扔了。免得像刚才那样，被扎到就不好了。太危险了，太危险了。"他嘲讽地笑着。

"我不知道你还有几个空瓶子，不过，要想砸中我可没那么容易。瓶子那么大个，我一下子就能感觉到，而且瓶子飞过来的速度太慢，你很容易砸偏。不过没关系，你就拼命扔吧，多有意思啊！"

我破罐破摔地将喷雾罐和玻璃杯也砸了过去。没想到，由于这两样东西飞行速度很快，全都砸中了柿沼的肩膀。

"嚯，是罐子和杯子。你这就算砸中我脑袋也没用啊。我说，怎么回事？这玩意儿都扔过来了，说明你那儿已经没有空瓶子了？太可怜了！"

——只能上椅子了。

他还不知道我已经能自由移动，我可以猛地跳出去搞个偷袭。只要能出其不意地把他打蒙，抢过刀，然后——

狠狠给他来一下子。

我抓起椅背，悄悄走到吧台出口。

现在播放的是一首摇滚乐，吉他正在即兴演奏重复段，柿沼和着节拍，表演起弹空气吉他。

就是现在——

我刚要举起椅子，腹部忽然一阵剧痛。我好不容易才忍住没有叫出声。我跪在地上。被刀刺中的位置越来越痛，我根本使不上力。

他妈的！

我按着肚子，蜷缩在地上。我不想被他杀死，我不想死。

歌曲进入高潮，马上就要结束了。

怎样才能杀死这家伙？

快想办法，快想办法！

我的视线扫向四周，忽然，还在冒烟的烟头进入我的视野。

有了。

我伸出满是鲜血的手指，捡起烟头，放到嘴边吸了一口，烟头亮起一道红光。它还在燃烧。我把烟头对准地上的碎纸屑，纸屑马上燃烧起来。我把报纸竖着卷起来靠近火苗，一个小火把做好了——

这招说不定能行。

歌曲播放完毕，四周忽然安静下来。

"好，时间到！"柿沼的声音在空荡荡的地下室里响起来。

"我本来还想多玩一会儿追人游戏的，算了，反正这个玩儿得也还行。那，我们今天就到这里了。"柿沼的脚步声越来越近。

赶紧过来吧，柿沼！在火熄灭之前。

我感觉到柿沼正要往吧台里探头，于是赶紧站起身，将燃烧着的报纸对准他的头部按过去。"啊！"柿沼惨叫着摔倒在地。我从吧台里走出来，只见他倒在地上，一把扔掉头上还在燃烧的毛线帽，火苗已经烧到他的头发，他拼命用双手在头上乱拍，想要扑灭火苗。没有击中他的脸，我感到有些失望，而且他头上的火苗马上也要熄灭了。不过没关系，我捡起落在一旁的刀，对准他的脖子砍去。

可他一抬手，就把我手上的刀挡开了，而且还反手抓住了我的脚踝。我的身体猛地失去平衡，一头栽倒在地，浑身上下一阵剧痛，简直无法呼吸。刀子在地面上空空地划过。

"我说你这家伙，什么时候从椅子里跑出来了！"
柿沼骑在我身上，不耐烦地说道。

"啊！我要杀死你杀死你杀死你！我现在劲儿可上来了！"

柿沼一只手掐着我的脖子，另一只手伸出去捡刀。我的意识已经有些模糊，不过趁他不备，我用指尖勾起还在燃烧的毛线帽，顾不上烫手，对着柿沼的脸一把扔过去。

柿沼尖叫着放开我，虽然毛线帽很快就掉在地上，但肯定已经烧到了他的脸。他用手捂着脸，痛苦地满地翻滚。

就是现在！我用手摸索着地面，想要找到钥匙。

没有。

钥匙在哪儿？

只见柿沼大声咆哮着挥刀砍来，刀尖划破了我的肩膀。我的肩头忽然一阵剧痛。不过，不知是不是因为视野受限，这次他的挥刀方向明显大乱。即便如此，照这样下去，刀子刺中我只是时间早晚的问题而已。我小心翼翼地避开他，注意不发出一丝声响。

钥匙……到处不见钥匙的踪迹。

我焦急地向前爬。忽然，膝盖不知碰到什么东西，发出尖锐的声响。是我刚扔过来的喷雾罐。我心中暗叫一声糟糕，但为时已晚。柿沼一下子就敏锐地捕捉到正确方向，朝我扑了过来。情急之下我刚要动，脚再次踢到那个喷雾罐。喷雾罐"咕噜咕噜"地转了几下，我赶忙把它捡起来。忽然，一个念头从我脑海中闪过。

对啊！

我把地上的碎纸屑捡起来，堆在还在冒烟的毛线帽上，然后用力一吹，让纸屑燃烧起来。

柿沼离我越来越近——赌一把吧。

就这一下了，如果不成功，我将无路可退。

我对着举刀扑来的柿沼用力按下喷雾，同时将燃烧的纸屑撒了过去。

"去死吧！"

我的眼前出现一团魔鬼般巨大的火焰，直奔柿沼而去。

那尖叫声似乎已不属于人类，听过一次就永远不会忘记，那是来自地狱的惨叫。

化纤羽绒服瞬间变成一团火焰，伴随着嗷嗷的惨叫声，柿沼的整个身体熊熊燃烧起来。

被火光包围的男子如同剪影画一般，看上去一团漆黑。地下室里充斥着一股肉体烧焦的味道。他的身体扭曲着四处奔走，像是在寻找逃生之所，但很快他就不动了，整个人栽倒在地。

我成功了吗?

我距离那团还在燃烧的火焰远远地坐倒在地,心中没有任何获胜的感觉。坐在被火光照亮的房间里,茫然四顾,我忽然注意到落在地上的喷雾罐。那上面印着蟑螂的图案,原来是一瓶杀虫剂。

我担心他会再次起来攻击我,一时间仍处于紧张之中。等火势渐小,我走过去用玻璃碎片捅了捅他,对方毫无反应,我终于放下心来,跟跟跄跄地站起身,重新开始寻找钥匙。

钥匙去哪儿了?该不会跟他一起被火烧了吧?要是已经变形或是熔解了怎么办?

我焦急地四下寻找,终于在角落里找到钥匙,可能是柿沼挣扎时把它踢过来的。

我捡起钥匙,又抓起被扔在桌上的手机,还有我公寓的钥匙。

这把钥匙竟然真是开地下室门的,柿沼不是在虚张声势。我迅速打开门,手脚并用地爬上楼梯。

重新看到地面上的世界,我的眼泪涌了出来。

活着。我还活着。

我已经彻底逃出地下,简直难以置信,我真想大声喊叫。

我所在之处是一条冷清的商店街,四处都是锈迹斑斑的卷帘门，看上去这些店铺白天也不会营业的样子。商店街的拱顶已经残破不堪，透过缝隙，可以看到外面的天空，天已经开始亮了。

这究竟是什么地方？我拿出手机，搜索地理位置。这里距离我家大概有三十分钟的车程。

我想过要报警。但是，虽说是正当防卫，可我毕竟杀了人，录口供肯定需要很长时间。我的当务之急是要尽快回到舞衣子身边。不需要叫救护车，这点伤，比起等救护车来，我自己处理肯定更快。

我正要叫出租车，忽然发现我手里的钥匙链上，除了地下室的钥匙，还挂着一把车钥匙。对了，我是被塞进车里运来的。

我开始找车。监禁我的这栋大楼后面，有一个停车场，里面停着好几辆车。我按了一下钥匙，一辆黑色的面包车车灯闪烁了两下。我坐上驾驶座，发动引擎，将暖风开到最大，一股倦意瞬间袭来。我真想就这么睡下去，不过，我更想快点见到舞衣子平安无事的身影。我拼命忍住睡意，开车行驶在寂静的马路上。

我将汽车停在公寓旁的投币式停车场里，跌跌撞撞地走下车。经过垃圾站——我就是在这里被偷袭的，后面经历的这一连串事情简直匪夷所思。

我从后门走进公寓大楼，坐上电梯。我很担心自己这恐怖的样子被人看到，幸好现在时间尚早，我一个人也没碰到。

电梯到了，我简直等不及电梯门打开就想冲出去。我迅速打开门锁。舞衣子响亮的哭声传来，就在那一瞬间，我的眼泪不受控制地流了出来。

"舞衣子，舞衣子。"

我哭着脱下鞋，走进房间。只见舞衣子扶着栏杆站在小床上，正在大声哭喊。

"好啦，好啦，没事了。"

我来不及洗手，一把将她抱起。舞衣子用力抓住我，我的心中又是一阵酸楚，泪水再次夺眶而出。

"对不起啊，把你一个人丢下。纸尿裤都湿透了吧？肚子饿不饿？你等一等。"

我想把舞衣子放回床上，可她使劲儿抓住我的脖子不肯松手。

"嗯嗯，我知道，你想我了。对不起啊，爸爸得先去洗洗手。"

我把她可爱的小手从我的脖子上拿下来，把她放回小床上。她又哭起来，我毅然转身走向卫生间，我得先把手洗干净。手上沾的血和污泥混成黑水被冲洗下去。肥皂根本打不出泡，我不得不洗了一遍又一遍。

不管怎样，得先泡奶。我走进厨房，把电水壶里的水烧开，将奶粉倒进装有热水的奶瓶，再在水龙头下将奶瓶冲凉到适当的温度。我拿着奶瓶来到小床前，舞衣子一直抓着栏杆哇哇大哭，看到奶瓶后，她马上伸出手。我把奶瓶递给她，她坐下来开始自己喝奶。

"真是的，你肯定又饿又渴吧？坚持了这么久，好棒棒！"

我抚摸着她的头。

纸尿裤已经鼓鼓的了，不过我凑过去闻了闻，并不臭。我决定等一下再给她换纸尿裤，现在要先处理我的伤口。

我回到自己的房间，取出消毒液和外科用的灭菌针线。我坐在椅子上，撩开肚子上的衣服，只见伤口上黏糊糊一片。幸好一开始我进行了强力按压，血早就止住了。

家里不可能有麻醉设备，我只能直接缝合。我在椅子下面放了一个脸盆，然后开始用消毒液清洗伤口。鲜血混着沙粒和垃圾一起被冲下去。消毒了手指后，我把线穿进针里，然后用小镊子一针一针地缝合伤口。我知道会很疼，不过跟刚才的经历相比，这点痛根本不值一提。

最后，再一次进行消毒后，我在伤口上贴了一片防水的灭菌胶布。处理好伤口，我松了一口气。

走进浴室，热水从头上浇下来时，我感觉自己又活了过来。是的，我真的活过来了。刚刚我还处于死亡边缘，现在终于再次活着回到这个家里。

我换上一件干净的家居服，回到舞衣子身边。可能是奶喝饱了，她已经睡着了。我小心翼翼地给她换了纸尿裤，没有吵醒她。婴儿特有的娇嫩皮肤上已经起了一片红红的泪疹。

"对不起啊。"

我小声嘀咕着，轻抚她的面颊，给她把毯了盖好。伴随着她的呼吸，毯子上毛茸茸的小兔子图案一上一下缓缓起伏。这个情景真是可爱，我不由得注视了很久。

安顿好舞衣子后，我才发现自己早已饥肠辘辘。慢煮锅里飘出诱人的香味，我掀开盖子，奶油炖菜已经炖好了，看上去十分美味。在我被绑架、被监禁、接近濒死状态的这段时间里，慢煮锅里的炖菜一直在咕嘟咕嘟地炖着，这个家里一直流淌着安逸祥和的时光。

我吃着炖菜，喝着咖啡，心里终于安定下来。我很想休息一下，但要干的事情还有很多。从玄关到客厅，我留下了不少血印和泥印。我把帆布鞋和脏衣服一起装进垃圾袋，又把玄关、走廊和客厅全部擦得干干净净。

收拾得差不多时，舞衣子又开始哼哼起来。

"要吃饭饭吗？"

我一只手抱着她走进厨房，给她的儿童专用碗里盛了一点炖菜。我把舞衣子放进餐厅的儿童椅，舀起一勺菜，吹凉后送到她嘴边。她的小嘴唇用力一吸，心满意足地吧唧起嘴来。

"好吃吧？爸爸下了不少功夫哦。"

我喂了一口又一口，看着她吃，我特别开心，于是喂得越来越快，结果舞衣子一下子吐了。

"哇哇哇。"

我赶紧把碗和勺放在桌上，给她擦干净手和脸，又把脏衣服脱下来。我先随便拿了件长袖内衣和打底裤给她换上，然后去找干净的衣服。我翻了翻放家居服的衣柜，忽然想起一件事。

干吗要给她穿家居服呀，今天不是圣诞节嘛。

我记得她应该有一件出门穿的红色天鹅绒连衣裙。我打开衣柜抽屉，翻了翻。

"有啦！有啦！舞衣子！"

不知道是不是心理作用，给她换好连衣裙后，我感觉她也特别开心。舞衣子实在是太可爱了，望着她，我的嘴角就会不自觉地上扬。

"好可爱，好可爱，跟妈妈一模一样。"

我实在太幸福了，幸福得简直快要窒息。

我真的不敢相信，自己现在居然能待在这里。昨晚发生的事我再也不愿回忆，更不想再经历，但细想起来，那搞不好是一个奇迹。我原本对由纪惠爱意已逝，但经过昨晚，我深刻体会到由纪惠的重要，我决心要和她还有舞衣子，我们三个人一起重新来过——不，是重新活过。

我已经重生了。没错，这就是圣诞奇迹——一家人重新出发，这就是最好的圣诞礼物。

"差点忘了，我还得收拾屋子呢。你先看会儿动画片啊。"

没时间沉浸在幸福的喜悦中了。桌子、椅子、地板上全都洒上了菜汤，得赶紧弄干净。再有半小时由纪惠就要回来了。我手脚虽然忙个不停，心里却暖洋洋的，原来这种忙乱也是一种幸福啊。

趁舞衣子看电视的工夫，我赶紧把餐桌摆好。这套蒂芙尼的炖菜盘是我们参加婚礼时收到的回礼，还有昆庭的叉子和勺子。要是再配上有圣诞图案的桌布和烛台就更好了。等过完圣诞，可以趁大减价去买一套留着明年用。啊，再准备点花就好了。

本来我以为自己已经为今天做了万全的准备，现在却显得漏洞百出。不过没关系，还有明年。只要我还活着，一切都可以重新开始。

"不管怎么说，食物才是最重要的。"

我自言自语着从冰箱里取出配菜——普罗旺斯杂烩，我尝了尝，味道还不错。三文鱼也腌得恰到好处。再做一个沙拉就够了，我动手将生菜撕成碎片。

看到我这么用心准备，由纪惠肯定会大吃一惊吧。

想象着由纪惠睁大双眼的样子，我忍不住笑了起来。

"我为我以前的所作所为向你道歉，我已经脱胎换骨了。从今往后，你、我还有舞衣子，我们三个人一起好好过下去吧。"

我准备了台词，好像有点土。

"是我不好。我想跟你重新来过。我愿意为你做任何事情。这次，我一定会让你幸福。"

这样好像还是很土。

由纪惠肯定会感到有些摸不着头脑。不过，等我把自己今晚的经历给她讲完后，她应该会理解的。

可能已经看腻了动画片，舞衣子又开始磨人了。我抱起来哄了半天，她还是哭个不停。没办法，我只好用背带背着她，继续做沙拉。

"妈妈马上就要回来了。"

准备好生菜，我又洗了点其他叶菜放在盘子里。再放一些红色和黄色的小番茄，撒上凤尾鱼和橄榄拌一拌。

钥匙开门的声音响起，门开了。

"我回来了！"

"你回来啦，辛苦啦！"

我很想去门口迎接她，但手上都是鱼油，黏糊糊的。

"太好了，舞衣子，妈妈回来了。"

进门上锁，再扣上U型锁的声音之后，是脱鞋的声音。

"啊，肚子好饿。好香啊。"

卫生间里传来洗手的声音。

我把橄榄油、葡萄酒醋和酱油搅拌均匀，最后淋在沙拉上。大功告成。

"我说，咱们家是不是有一个大一点儿的花瓶啊？没想到护士长送了我一束圣诞捧花。你敢相信吗？还是她亲手扎的。"

为了盖过水花的声音，由纪惠提高了嗓门。

"是吗？就你们那个护士长？没想到她还挺有心的。那个大花瓶是不是收在卧室衣柜的上面了？还有一个稍微小一点的，应该在电视柜下面一直没动过。你那花儿有多大？"

"今天我们还送走了一位病人，真是太难过了。"

也许是水花声太大了，她好像没听到我的声音。算了，一会儿我把花瓶给她拿出来吧。

卫生间的声音停下了，刚好我的菜也做好了。沙拉、普罗旺斯杂烩和腌三文鱼都已装好盘，就差把热乎乎的奶油炖菜盛出来了。

"真的好香哦，你除了炖菜还给我做了什么？"

由纪惠走进餐厅。正在盛炖菜的我转过身，只见由纪惠瞪大双眼，跟我脑海中预想的表情一模一样。

"恭喜你辞职成功。这么长时间以来，辛苦你啦。圣诞快乐！"我竭力摆出灿烂的笑容。

由纪惠却发出震耳欲聋的高声尖叫："博信？！你怎么会在这里？"

在我的脑海深处，一个红色的警报灯一直在闪烁。

だけど頭の片隅で、警告を知らせる赤いランプがずっと点滅し続けている。

"你怎么了，由纪惠？快来坐下。炖菜闻起来还
不错吧？今天这顿饭我可是有点，不，我可是相当
有自信的！"

博信笑眯眯地将装满炖菜的盘子摆到桌上。一
眼望去，桌上还摆着沙拉等菜肴，有一盘好像是普
罗旺斯杂烩。

好久不见的前夫，一举一动非常自然，好像他
理所应当出现在这里——不，好像他才是这个家的
主人一样。这就已经够恐怖的了，没想到他半边脸
上全是青紫红肿，上面还贴着纱布和创可贴，脖子
和手臂，目之所及到处都是伤口和瘀青。

雅之在哪里？好像不在房间里。当然，要是雅
之在家，这个男人也不可能这么大摇大摆地出现在
这里。

他到底是从哪儿进来的？这个公寓的安保系统非常严格，不仅进楼门需要钥匙，就连上电梯也得有钥匙才行，访客只能坐电梯到房主允许的楼层，楼梯间也需要钥匙才能进。就算他跟在别人身后闯进楼门，也上不了电梯。就算他碰巧遇到同楼层的居民蹭上电梯，又是怎么进到房间里的呢？难道我忘了锁门？

还是说——

我咽了一下口水。

他硬闯进来的时候，跟雅之大打出手了？照他这个伤势来看，两人好像打得很激烈。他现在站在这里，而雅之不见踪影，难道说——

"雅之呢……雅之在哪里？"

"菜都要凉了，我想让你趁热尝尝呢。舞衣子刚才吃得可开心了，是不是？"

不知是没听见，还是故意无视我的存在——博信没有回答我的问题，转头跟背上的舞衣子搭起话来。舞衣子嘴里"咿咿呀呀"的，好像很开心。原来如此，他把舞衣子当作人质了，我现在必须保持冷静才行。

首先我得搞清楚状况。博信为什么会出现在这里？他来干什么？他怎么受了这么严重的伤？还有——雅之是否平安?

"你背着孩子做饭不舒服吧? 先把舞衣子给我吧。"

我把手伸到博信背后,他迅速转了个身。

"我没事,饭已经做好了。"

博信笑了笑。他的脸上伤痕累累,笑容看上去有些扭曲,不过看得出,他笑得很温柔。我想起来了,我们刚结婚时,他也常常这样笑。可自从舞衣子出生后,我们开始无暇顾及彼此,总是互相伤害、互相咒骂——所以到最后,我能回忆起的全都是他发火的样子。

"不过,她很重吧? "

"我一直背着她做的饭,一点儿问题没有。"

一直……?

我后背突然感到一阵凉意。不过舞衣子一直在博信背后"咿咿呀呀"的,特别开心。

博信在这个家里驾轻就熟地做着饭,再加上他那张伤痕累累的脸,这景象实在太诡异了。

只有餐桌上一片祥和。

我环顾了一下四周,厨房、餐厅、客厅、与客厅相连的和室都不见雅之的踪影。我不由得一阵紧张,腋下开始冒汗。

"好,这下齐了! "

博信开心地摆好餐具。

"我说……你为什么会在这里？"我终于咬牙问出这个问题。

"为什么……这还用问吗？当然是为了庆祝啦。"

"庆祝？"

"今天不是圣诞节吗？又是你最后一天上班。"

"你怎么知道我辞职了？"

"作为舞衣子的父亲，掌握她妈妈的相关信息不是理所当然的吗？"

"可是……"

"今天是个重要的日子，得全家人一起庆祝一下才行。"

"全家人？"

"没错。你、我还有舞衣子，我们三个人一起。"

"可是我们已经……"

"没关系。我们可以重新来过。"

重新来过？他在说什么？那时候他把我骂得一文不值。看来他真是一点都没有变，心里只考虑他自己。

当然我也不是一点错都没有。可他不止一次地否定我的人格，指责我不能像其他妈妈一样带孩子，认为这都是因为我做得不够好。我反驳说"我也要上班，带孩子也是你的工作"，他就勃然大怒，说"你不过就是个小护士，有什么了不起的"。

后来我实在受不了了，连他的声音都不想再听，逃也似的跟他分了手。而他一口咬定，闹成那样都是我不对，全是我的错。

现在居然要重新来过，他怎么说得出口？

"对了，难得护士长送了捧花，摆起来吧。你放哪里了？门口？"

不等我回答，博信走到走廊："咦？没有啊。"

我听到他正在四处找花，赶忙从包中掏出手机。要不要拨打110，我犹豫了一下。

我要把舞衣子的爸爸送进警局吗？在还不清楚发生了什么的情况下。

虽然无论作为丈夫还是父亲，他都存在很多问题，但他并不是一个坏人，应该也不会伤害雅之，因此我决定暂时不报警。正想收起手机时，我倒吸了一口凉气。手机没有信号，怎么会这样？

"哎呀，原来你放在卫生间的桶里啦。"

听脚步声，他就要过来了。我赶忙将手机收好。

"这种大小的花，用这个花瓶比较合适。"

博信说着，从电视下面的双开门柜里取出一个花瓶。连我都不记得这里有个花瓶。他抱着捧花和花瓶走进厨房，给瓶里装上水，把花插好。

"好香啊。这捧花真漂亮，那个护士长会送你这个，说明她很喜欢你哦。"

他怎么知道花瓶放在哪里？他认识我现在在的这个科的护士长？博信把花瓶摆在餐桌中央，丝毫不理会呆若木鸡的我。

"还差……对了！我这个蠢蛋，竟然把最重要的东西给忘了。"

他做作地两手一拍，兴冲冲地走到餐具柜前。

"我看看啊……只有这对了，感觉好像差点意思。不过今天先将就一下吧，等过两天，我再给你买一套像样的。"

他说着从柜子里取出两个高脚杯。

"巴卡拉之类的，怎么样？啊，不行，忘了这个小家伙了。"

他开心地转过头，望着背上的舞衣子。

"她肯定会把酒杯打翻的，那就没办法安心喝酒了。高脚杯还是算了，好不好？"

他忽然笑着问我，吓了我一跳。我整个人僵成一团，没有任何反应。博信从我面前走过，打开冰箱门。

"我已经冰好了。唐培里侬现在都烂大街了，所以我选的是沙龙香槟。是香槟哦，可不是气泡酒。我也不是很懂行，不过我试饮了一下，味道还不错。就在去车站的那条路上，不是有家卖酒的店吗？我就是在那里买的。快快，我给你倒上，赶紧坐下来。咱们干一杯。"

"卖酒的店，是花店对面那家吗？"

"没错。"

"你对这一带很熟悉啊。"

我一直觉得他不是一个坏人，不过——他绝对有什么地方不对劲，是什么呢？

博信剥下酒瓶盖子的密封圈，将一块餐布盖在瓶子上，然后熟练地拔出软木塞。"砰"的一声，瓶口发出十分轻快的声音。

"啊，你这个眼神好像在怀疑我经常买这种酒喝，其实我是在买酒的时候跟人学了要怎么开瓶。据说这叫至尊香槟，跟那些普通香槟可不是一个档次的。我今天是豁出去了，你可别问价格。偶尔奢侈一次也不错吧？自从舞衣子出生以后，咱俩日子过得都太紧绷了。"

博信的情绪莫名其妙地高涨起来，他一边说，一边将充满金色泡沫的液体倒入杯中。

"舞衣子，香槟对你来说还有点早，先来杯苹果汁将就一下吧。这是爸爸自己榨的，还用纱布过滤了一遍，很好喝的哦。"

那个印着小熊图案的吸管杯是舞衣子最喜欢的杯子，她接过杯子，开心地送到嘴边。博信充满爱意地抚摸着舞衣子的头发。

"等你长到二十岁，咱们再用香槟干杯吧——不过，那会儿我肯定又会舍不得你了。舞衣子，你也会一点点长大啊。"他眼泪汪汪地说着。

一想到这个男人打算看着舞衣子长大，我后背又冒起一股凉气。

"快，泡沫都要没了。赶紧坐下来。"

既然舞衣子还在他手里，除了坐下我似乎也别无选择。我谨慎地坐在距离博信最远的位子上。

"啊，你想坐那边吗？"

没想到他把菜重新摆到我面前，然后自己也坐到了我身边。我不由得起了一身鸡皮疙瘩。

"得放点儿有圣诞气氛的音乐。CD 我已经准备好了。"

厨房岛台旁边放着一台播放器，他按下播放键，一首爵士风格的圣诞钢琴音乐响起。

我这时才发现原本放在播放器旁边的固定电话不见了，不由得睁大眼睛。

"嗯，现在有点儿圣诞的感觉了。来，举起杯子来，干杯！"

他把杯子塞到我手里，然后兴高采烈地将自己的杯子碰上去。我当然不会喝这杯酒，只能茫然地望着举杯痛饮的博信。

他应该不是坏人，不会给我们造成危害——我一直这样安慰自己。可是，搞不好这个男人真是个危险分子。

"啊！"

博信忽然皱起眉头。我浑身一紧。

"好痛……伤口杀得慌。难得这么好的香槟。"

"呼呼。"为了缓解疼痛，他摩挲着两颊，大口呼气。我觉得这是个询问的好机会，连忙探过身去。

"还好吗？我看你身上到处都是伤，到底出什么事了？你的脸也肿了，耳朵上都是血痂，脖子上也紫了一大片。还有你的手，也是伤痕累累的。"

我尽量让自己的语气保持自然。

"嗯，这个嘛，我正要跟你好好说说呢——来，咱们边吃边说吧，菜都凉了。"

他又露出笑脸。刚才我还觉得他的表情非常温柔，现在看上去，他的目光似乎有些涣散。我用颤抖的手拿起勺子，舀了一勺炖菜。我根本尝不出菜的味道，甚至连菜是冷的还是热的我都感觉不到。

"我告诉你啊——我把他干掉了。"博信略带神秘，又有些得意地皱着鼻子说道。

他的视线有些飘忽。

把他干掉了——雅之吗？

"你千万不要害怕哦，我估计……不，我肯定他已经死了。"

"啊！"我从喉咙深处发出一声惨叫。我无法再若无其事地吃下去了。我把勺子放在桌上，发出歇斯底里的尖锐声音。

"对不起，吓坏你了吧？不过，由纪惠完全可以替我开心，不用顾忌，更不要有什么罪恶感。这个人死有余辜，作为医护人员，我们或许不该说这样的话，不过我肯定没有说错。杀死他我一点都不后悔。"

"你……你……你都干了什么？"

我已经无法呼吸。我的心脏在胸腔内剧烈跳动，悲伤与恐惧同时袭来，泪水夺眶而出。

"没事，已经没事了。"

博信握着我的手。我条件反射般地推开他。博信点了点头，一副了然于胸的样子。

"你就是太温柔了，连柿沼那种人你都会替他担心。"

柿沼？为什么柿沼这个名字会出现在这里？

我头脑一片混乱，死掉的似乎并不是雅之，这令我放心了一些，我总算又能正常呼吸了。我擦了擦眼泪。在事情彻底搞清楚之前，我还不能放松警惕。

"我也不是故意要杀死他的，我是有原因的。这家伙用布袋罩住我的头，然后把我绑架到车上，带到一栋废旧大楼的地下室里监禁起来。他对我拳打脚踢，还差点用刀把我捅死。我要是不杀死他，就只能被他杀死了。"

我听不懂他在讲什么。说到底，柿沼为什么要绑架、监禁博信呢？他的目的是什么？柿沼都好长时间没有出现在我面前了。

"对不起啊，我原本以为你会为此开心的。因为你以后再也不用担心会被那家伙纠缠了。不过，你不是那种女人，这种事不应该在吃饭的时候说，是我想得太简单了。"

要说起来，博信应该不认识柿沼才对。我跟柿沼的纠葛发生在与博信分手很久以后。他怎么会知道柿沼纠缠我的事呢？

"说实话，对我来说，这真是一件特别值得高兴的事，必须干一杯。我能活着回来——能像现在这样，和你、和舞衣子一起坐在这里，简直就是一个奇迹。你可能无法想象，我已经做好死的准备了，绝不是夸张。我以为我再也不能活着走出那个地下室。那时候我能回忆起来的都是和你还有舞衣子在一起的快乐时刻……不，也不是。我还想起很多痛苦的回忆，和你吵架的情景，还有我们为了带孩子而起的争执。不过，怎么说呢，我忽然意识到，这些对于我来说都是很美好的回忆。我能够平安回来，能够意识到这一点，这一切都是奇迹……我感觉自己已经重生了。"

博信眼含热泪，一时竟有些语塞。

什么叫"感觉自己已经重生了"？他为什么这么感慨激动？我脑子里还是一片混乱。不过，在我的脑海深处，一个红色的警报灯一直在闪烁。

我依旧身体僵硬。博信落寞地对我笑了笑。

"不管我怎么说，可能你都无法理解我昨晚的经历有多么凄惨。连我自己都不敢相信，居然还能像现在这样和你一起坐在这么祥和的地方，我甚至在想这些会不会都是我的幻觉。不过，你看——"

他掀开衬衫的下摆，揭开纱布。血痂连着纱布一起被揭开，露出他肚子上的一个黑红色的伤口，伤口处又有些渗血。

"那家伙，本来是瞄准我的心脏刺过来的，那把刀原本要插在我的心脏上。要不是我躲了一下，现在我已经死了，就只差了一点点。我当了这么多年医生，接触过不少临终前的患者，但还从来没有感觉到死亡距离我这么近过。"

看来柿沼确实想要杀死博信。可是，可是……

"柿……柿沼他，为什么要……"

"他说他要和你一起开启新生活，所以嫌我碍事。还说他能在心里和你对话，根本不用语言交流。他已经疯了。能够保护你不再受到他的伤害，真是太好了。"

"不过……为什么是你呢？"

"那家伙，看不得我待在你身边。"

"我身边？你究竟是在哪里被绑架的？"

"就在这个公寓的垃圾站附近。他一直埋伏在那里。"

公寓的垃圾站？

柿沼出现在那里就已经够可怕了，而博信居然也出现在那里，这更令我毛骨悚然。而且，被绑架、被监禁，与柿沼争斗后，他又回到这里，这至少需要好几个小时。那也就是说，他很早就已经在这附近了。究竟是从几点开始的？难不成——我刚一出门他就？

"你在那种地方干什么？"

"那还用问吗？当然是丢垃圾了。"

"丢垃圾？"

"垃圾堆得太多了。广告、传单、厨余垃圾，对了，还有纸尿裤。我都已经分好类了。"

他丢的是我家的垃圾？我一阵眩晕。

"怎么跑题了呢。你能相信吗？我就是出门去丢个垃圾，刚要回来就被他打晕了，他用布袋罩住了我的脑袋。"

"等一下。柿沼怎么会认识你呢？"

"他说前一阵，他用无人机偷拍过这里的照片，正好拍到我在阳台抱着舞衣子，真是变态。"博信不屑地说。

怎么会？也就是说，不仅仅是今天，以前博信也曾在这间房子里抱过舞衣子？我的大脑一片空白，但博信还在滔滔不绝地说个不停。

"我去丢垃圾时还犹豫了一下要不要带着舞衣子一起去。幸好没带着她。当然，把她一个人留在家里这么长时间，我一直都很担心。我怕她哮喘发作，今天晚上又特别冷……对不起啊，你生气了吗？"

"一个人……这么长的时间里，舞衣子一直是一个人？"

"啊，实在抱歉。"博信双手放在桌子上，低头向我道歉。

也就是说，这个男人出去丢垃圾的时候，雅之已经不在家里了。为什么？雅之那时人在哪里？他去哪里了？他现在又在哪里？

我忽然想到一个问题。

"我曾经打过电话，接电话的人是你吗？"

"对，没错。"

博信用力点了点头，一脸痛苦的表情。

"你给我发了好多信息是不是？又是短信，又是LINE，又是电话的。手机当然也被他抢走了，所以我什么都回不了。就只有那一次，正好柿沼看到你说要请假回来，才同意我接了那个电话。"

"不过那个手机……应该是雅之的吧？"

"没错啊。"博信面不改色地说道，"我去丢垃圾时，把自己的手机放在了家里，不过，他的手机我可一直都带在身上，生怕错过和你的联系。接电话时，我拼命给你发信号，想让你察觉到那是我，你注意到了吗？"

我又注意到一件事，这令我汗毛直竖。桌子上摆着的这些菜……

"跟我在 LINE 上商量今晚菜谱的人……也是你？"

"对啊。我一心想要好好犒劳犒劳你。"

那时候是晚上八点左右。那时雅之的手机就已经在这个男人手里了？果然，我刚走没多久，他就闯进来了。可能是我不小心忘了锁门。那雅之呢？

我总觉得房间里有一股甲酚的味道，就像医院里擦拭完大量血液之后的那种味道。血液……我的身体颤抖起来，我想要掩饰自己的不安，眼泪却不自觉地流了出来。

这个人，不是我熟悉的博信。这个人，对舞衣子、对理想的家庭抱有虚妄的执念。这个人，内心已经完全崩溃。

"对不起，我没想要把你弄哭的。"

博信不敢正视我。

"炖菜已经凉了，香槟也不起泡了。我重新给你盛一份吧，酒也换一杯。你先吃点别的，尝尝普罗旺斯杂烩什么的。"

我要赶紧从这里逃出去。得先把舞衣子安全地要过来——现在，我的脑子已经想不了别的了。

"好啊，那我不客气了。"

"真的吗？太好了，我这就去准备。"博信元气满满地站起身。

"趁这会儿，我先抱抱舞衣子吧。"

"唉，不过……"博信有些犹豫。

看到我伸出双手，舞衣子开心地向我扑来。

还差一步。

"我进门以后，还一下都没抱过她呢。好想抱抱哦。"

"可你不是说，每天下班回来，都得先洗个澡才能抱她吗？你说不知道自己身上沾了什么细菌，不洗一下连碰她的手指头都不放心。"

没错，我确实这样说过。不过，博信应该没听过才对。我跟他分手时还在休产假，并没有回去上班。我下班以后接触舞衣子时会有一些神经质，他是怎么知道的？

不光是这件事。刚才我就觉得我们之间的对话怪怪的。很多他本不应该知道的事，有些甚至是雇了私家侦探也未必能查到的小事，他都很清楚。他究竟是听谁说的？

"不过……我已经洗过手了。而且，我现在就想抱她。难得今天圣诞节。"

反正无论如何，我得先把舞衣子抱到自己怀里。

我挖空心思想出更多的理由。

"噢,是吗?那就先给你吧。"

博信终于解开背带的扣子。我一把抱起舞衣子,朝着门口跑去。

"喂!由纪惠!"

听到他追赶上来的声音,我急忙跑出门,按了电梯。只见电梯正从一楼缓缓升上来。楼道里只有一部电梯,真是急死人了。

"由纪惠,你等一下。"

玄关的门打开,博信也来到电梯前。无路可逃了。我把舞衣子护在胸前,缩到楼道的一角。

"对不起,由纪惠。一下子告诉你这么多事情,肯定把你搞糊涂了吧。你是想到外面去冷静冷静吗?"

博信瞟了一眼电梯的指示灯。现在电梯刚到三楼,于是他说:"我跟你一起去。等我一下,我去拿钥匙。"博信回到屋内。

电梯好不容易才到五楼。要想逃跑,现在就是唯一的机会。对了,我可以请邻居帮忙报警。我飞快地跑到隔壁房的门前按响门铃,并且焦急地拍了几下门板。

"麻烦您开一下门。我就住在隔壁,想请您帮帮忙！"

我拼命地拍门。不知会是电梯先到，还是邻居先开门，无论哪个都行。

"怎么了？您稍等一下。"

门里传来邻居的声音，是个男人。我底气更足了一些。

"咔嚓"，门锁转动的声音响起，门开了。

"谢谢您。我……"

我把舞衣子抱在胸前，正要跑进屋里——我尖叫起来。

"我是过来拿钥匙的，结果听到门铃响，吓了一跳。"博信就站在我面前。

为什么？难道是我搞错了，敲了自己家的门？我一阵恐慌，往四周望了望，没错啊。刚才，博信确实进了我家的大门，可为什么他现在会出现在这里？这明明是隔壁的房间啊！

他一把抓住我的胳膊。我想挣脱他的手，一只手一松，舞衣子被他趁机抱走了。

"危险！舞衣子差点掉到地上。别在外面站着了。今天这么冷，先进来吧。"

博信抱着舞衣子，微笑着对我说。也许是因为被抱着从一个人手里换到另一个人手里，舞衣子觉得很好玩，她笑得很开心，伸手抱住博信的脖子。

舞衣子被抢走了，我也无计可施，只能跟着他走进房间。房门在我身后关闭，我隐约听到外面传来电梯到达的提示音。

房间里冰冷彻骨。走廊直接连着客厅和餐厅，走廊两侧有两扇关着的房门。虽然房型有差别，但跟我家一样，这里也是两室两厅。

"来，快进来。"

我跟在博信身后，继续往前走。客厅和餐厅的窗帘半挂着，屋内有些昏暗。没有电视，冰箱也很小。餐桌椅是双人用的，不大。桌上摊着一堆带血的纱布、镊子、剪刀、缝合用的针线等医疗用具。

博信就住在我隔壁？

究竟是从什么时候开始的？

我感到一阵晕眩。

"你……是什么时候开始住到这里的？"

博信没有理会我，继续向前走。他穿过客厅，来到阳台上。舞衣子打了个大大的喷嚏。对了，她还没穿外套呢。

"得给舞衣子披一件——"

"嗯，我知道。我也是这么想的。"

"那你为什么还要到阳台上去……呢？"

我追到阳台上后，看到了令人难以置信的一幕。两个阳台之间避难用的隔板全部被拆掉了。博信从那里轻而易举地走到我家阳台上。

我万分震惊，呼吸几乎要停止。博信究竟是从什么时候开始，通过这里在我家出入自如的？这栋公寓一共十五层，我家在第十二层，所以连接阳台和室内的推拉门我总忘了锁。我暗骂自己为何如此大意。

虽然受到很大冲击，但不管怎样，我必须把舞衣子夺回来。我重新振作精神，毕竟应该不会遇到比这更恐怖、更令人震惊的事了。我踉踉跄跄地正准备跨过阳台——透过窗子，我看到了博信房间的内部，眼前的情景令我再次尖叫起来，而且这次的叫声比刚才还要大。

博信的房间里有两台大显示器，显示器的屏幕上有若干小画面，正在以俯瞰的角度直播我家各个房间的景象。其中一个画面里，博信正抱着舞衣子，他抬头看了看镜头，对我露出微笑。

"由纪惠，你怎么了？快进来吧，别感冒了。"

*

▶▶ 我通过墙壁里埋设的监控话筒对由纪惠说道。

然后我开始找舞衣子的上衣。是穿带袖子的羊毛外套，还是直接套个连体睡袋？小孩子一般都怕热，所以我有些犹豫，不知冬天应该给她穿多厚才合适。我感觉到我身后有动静，应该是由纪惠从阳台走过来了。

"那件有波点的羊毛大衣放哪里了？我本来想给她套个睡袋，不过还是找件带袖子的外套吧，好不好？可惜啊，难得穿得这么漂亮，一穿上大衣就全都看不见了……对了！上个月你好像给她买了一件人造毛夹克！那件又好看，又不厚，在房间里穿不也挺好的吗？"

我打开旁边和室里的壁柜，从衣箱里找到叠得整整齐齐的夹克，拿出来给舞衣子套上。

"你怎么会……"

由纪惠想要说些什么，又无力地停了下来。你怎么会知道我买了件夹克？你怎么会知道我把夹克放在哪里了？她可能是想问这些问题，不过现在她肯定已经知道了答案。刚才她肯定已经看到了我房间里安装的那套系统，那套我引以为傲的系统。

我是半年前搬到这座公寓的，就在由纪惠搬到这里不久之后。这座公寓刚盖好，正在招租，所以我就租下了她隔壁的房间。

由纪惠带着舞衣子离开家是在一年前。当时我也对我们二人共同生活感到心力交瘁，所以并没有对离婚提出异议。从育儿的辛苦中解放出来，恢复轻松的单身生活，我本应感到高兴才对，可真的分开以后，我满脑子想的都是舞衣子，什么事也干不下去。

走在路上，听到婴儿的声音我会马上回头去看，每次发觉那不是舞衣子，都会非常失望。半夜醒来，我会下意识地在身边寻找舞衣子。一想到再也无法把她抱在怀里，我就不禁泪流满面。

与由纪惠重修旧好是不太可能了。不过，我不能因此就离开舞衣子，这是不对的。我应该一直留在舞衣子身边。作为父亲陪伴她长大，是我的义务，也是我的权利，没有人能夺走它——于是我下定决心，开始行动，不惜动用任何手段查找她们母女二人居住的公寓，查找由纪惠工作的新单位和舞衣子的新保育园。

不久之后，由纪惠开始和一名放射科的技师交往。我对此倒是无所谓，反正我对她的爱情早已冷却。

问题是舞衣子。一想到舞衣子会把除我以外的男人当作父亲，我就无法忍受。一想到这个男人会摆出一副父亲的面孔我就想吐。一想到这个男人会给舞衣子换纸尿裤，会给她洗澡，我就感到无比恶心。

不——还有更严重的问题，谁能保证他不会虐待舞衣子？就算谈不上虐待，照顾不周总有可能吧。而且，说起来，他到底会不会照顾舞衣子都是个问题。要知道，舞衣子可是有哮喘病的。

我每天都提心吊胆，简直如坐针毡。我最放心不下的就是由纪惠上夜班的时候。由纪惠不在家时，如果舞衣子的哮喘严重发作，那个男人能处理好吗？

所以，我搬到了他们隔壁。为了守护舞衣子，也为了监视那个男人。

我的房间和他们的客厅共用一面墙，趁由纪惠上白班把舞衣子送去保育园，那个男人也出去上班的时候，我用电钻在这面墙上打了一个小孔。从我房间的天花板斜着向下钻，就可以在比由纪惠和那个男人视线能够到的更高处钻个孔。从这个孔里穿过一个高性能光纤探头——像内窥镜一样——就可以俯瞰整个客厅和餐厅。它还带麦克风，声音听起来简直是难以置信的清晰。

把阳台隔板上的固定螺丝拆掉，就能走到隔壁。我趁推拉门没上锁时，进入了她的家。他们的卧室与走廊和我的房间没有共用墙壁，所以我在这些地方安装了可以通过无线网络传输影像的摄像头。这些摄像头必须定期取出来充电，不过，只要有客厅的光纤探头在，我就可以轻松掌握他们不在家的时间，并利用这个时间进行充电，因此这也不成问题。

我还很快配了一把门钥匙。趁由纪惠上夜班，那个男人自己傻乎乎地在家里睡大觉时，我从阳台走进他们家，拿走厨房岛台上放着的钥匙，找锁匠配了一把。这把钥匙也可以用于开公寓大门和坐电梯，是那种一靠近就能解锁的无接触式钥匙。本来我还担心锁匠配不了，结果只用了二十分钟，花了八千日元就配好了。这样一来，没人在家时，就算阳台那边的推拉门锁上，我也能出入自如了。

为了避免在楼道或电梯里碰面，我出门前会先通过监控确认他们的动向，同时戴好帽子和平光眼镜，这样就算碰上了，由纪惠也不会认出我。

不上班时，我就一直坐在监控器前观察舞衣子。上班时，我就等回家后倍速回放监控记录，补上进度。因此，关于舞衣子，事无巨细，我都了解得一清二楚。我总是将舞衣子的笑脸放大后，对着她说"早上好""我回来啦"，吃饭也算准时间，和她一起吃。

她哭的时候，我会隔着屏幕哄她，她睡着后，我会亲吻她的笑脸，跟她道晚安。偶尔他们去取快递或丢垃圾时，会把舞衣子一个人留在家里，这时我就会马上从阳台跑过去，抱起她，蹭蹭她的小脸，告诉她"爸爸会一直看着你"。

不过，我最主要的目的，当然是要好好监视那个男人，看他会不会动手打舞衣子，有没有好好照顾舞衣子。他要是敢伤害舞衣子一丝一毫，我绝对不会放过他。

由纪惠上夜班时，我肯定不会去值班。我会一直坐在监控器前观察舞衣子的呼吸，几乎寸步不离。那个男人也算是在照顾舞衣子，但距离我要求的标准还差得很远。勤点检查纸尿裤！不要喂现成的辅食！吃饭时，他没及时给舞衣子擦干净嘴巴，搞得舞衣子的嘴角有些溃烂。还有，舞衣子起尿布疹时，他也没有给她仔细清洗沐浴，只想抹点类固醇就对付过去。这些时候，我都想过去揍他一顿。

不过，最终让我下定决心的是，舞衣子在客厅的小床里咳嗽难受的时候，这家伙竟然在卧室里睡大觉。

　　在此之前，我一直小心谨慎地隐藏着自己的行踪。有人在家时，我从未潜入过他家。但那天晚上我不顾一切地冲了过去。被他发现了也无所谓。如果被他发现了，我正好可以揍他一顿，责问他为什么要令舞衣子这么痛苦。

　　客厅里只亮着一盏小夜灯。昏暗中，我抱起舞衣子，轻抚她的后背，拿起雾化器让她吸入。他没有认真保养雾化器这一点也令我十分愤怒，机器里一直残存着旧的药液，而且还混进了灰尘。

　　舞衣子咳得小脸通红，想喊也喊不出来，难受得只能默默流泪。为什么要让舞衣子受这样的苦？她实在是太可怜了，太不幸了，我的眼泪也掉了下来。

　　无法原谅。

　　绝不原谅。

　　我抱着舞衣子，等待她哮喘平复时，在心里下定决心。照这样下去，舞衣子性命堪忧。为了保护好她，我必须行动起来。

　　就在那时——我听到由纪惠说，她会在年内辞职，暂时专心带孩子。

这简直是上天传来的声音。这不就是让我们重新来过的大好机会吗！

我们的家庭之所以破裂，除了育儿的艰辛，还因为我自己工作繁忙，而由纪惠也无法为重返职场做好充分准备，我们的沟通出现了问题。

不过，如果由纪惠决定暂时放弃工作，精神肯定就不会那么紧张了。我那时也是因为太忙了，每天都心烦气躁。现在的我已经有能力反省自己，而且最重要的是我有信心可以好好照顾舞衣子。

如果由纪惠能够暂时放弃工作，那就没什么能够阻碍我们重新组成家庭的了。

我们三个人应该重新生活在一起。我和由纪惠可以一起把舞衣子抚养长大。

我要和她好好谈一谈。辞职之前她肯定有好多工作要忙，所以我决定等到最后一天。我要亲手做一桌好菜来迎接由纪惠，用具体的行动来展现我的反省之意，以及我积极配合的态度。

然而——

不，正因为如此——

那个男人就成为我们之间唯一的绊脚石。

只要他消失了，我们很快就又能成为一家人。

因此——

因此，我要将那个男人……

"好，这就行了。"

我给舞衣子套上白色的人造毛夹克。夹克和天鹅绒裙子很搭，她看上去特别可爱。舞衣子头发上的蝴蝶结有点歪，我重新给她正了正，然后把她放在背带里，牢牢地把背带系在胸前。

"好，让我们重新来过。啊，音乐停了。"

我按下CD机的播放键，圣诞钢琴曲再次从头开始播放。

"来，快坐下。这次可要好好尝尝香槟哦。炖菜已经彻底凉了，我去换一盘。"

舞衣子抱着我的脖子，"啾啾"地嘬着我衬衣的肩膀部分，心情很不错。我一边唱着"铃儿响叮当"，一边左右摇晃身体，她笑得更开心了。

由纪惠一脸疲惫地坐在椅子上。得早点让她吃完东西，早点让她睡觉。我站在厨房里，拿出一个新盘子，从慢煮锅里盛了一盘热乎乎的炖菜。

"刚才吓到你了，实在抱歉。不过，这下你明白了吧？我是真的一直惦记着你和舞衣子。"

把新倒的香槟和热乎乎的炖菜摆在我俩面前后，我坐在她身边，端正了一下坐姿。

"那时，我实在太不成熟了。我有反省过，现在已经脱胎换骨了，这一次我一定好好努力。请你多多关照。来，让我们举杯，从今天开始，为了我们三人的新生活，干杯！"

碰杯的声音清脆悦耳，刚好合上钢琴演奏的节拍，真叫人开心。明知道伤口会杀得慌，我还是抿了几口酒。果然嘴里一阵剧痛。不过，今天是个特别的日子，这点痛不算什么。

"从今天开始……"由纪惠嘀咕了一声。

"嗯？"

"你刚才说从今天开始，为了我们三人的新生活……这到底是什么意思？"

"就是这个意思啊。你、我，还有舞衣子，我们三人重新开始过我们的新生活。"

"为什么是和你？我已经和雅……雅之……"

"现在我们正在谈论我们今后的人生，我不想听你提到那个男人的名字。"

难得这么开心的干杯时刻仿佛被泼了一盆冷水，我感到有些伤心。

"由纪惠，其实你并不爱那个男人吧？你也觉得他很碍事，对吧？"

"怎么会呢？为什么你会这么说？"

"你们不已经是无性婚姻了吗？"

由纪惠瞪大双眼，嘴角抽搐了一下。

我忽然为她感到一丝悲哀。她一直对自己的感情有些迟钝。以前即便对我有什么不满，她也总是先自责，总觉得自己有哪里做得不对。她不知道自己应不应该生气，一直都在忍耐，直到最后忍无可忍，来了场大爆发，才和我分手。

我现在很后悔，如果在那之前，我能早点察觉到她的情绪变化就好了。由纪惠就是这样的人，所以就算她现在对那个男人有诸多不满，肯定也下不了决心。我必须引导她一下，告诉她，很多事情无须忍耐。

"你不用担心。我是站在你这边的。"

我轻轻把手搭在她的手上。

"你有什么心里话只管跟我说。你所有的一切我都能理解。而且，你可能还不知道，那家伙照顾舞衣子时，根本就是在敷衍了事。你要是不快点离开他，说不定舞衣子的性命都会有危险，我这话可绝不是夸张。你放心，那家伙我会负责收拾的。"

"收拾？"

我感觉由纪惠的眼睛一亮。我微笑了一下，让她放心。

"是的。原本早就应该收拾完了，对不起啊。我要不是被柿沼给绑架了，这会儿应该早就结束了。"

由纪惠一直目不转睛地盯着我，静静地听我讲述。我的头脑越来越清晰，语速也越来越快。

"不过，刚收拾了柿沼，反倒给我鼓了劲。我本来也不是杀人魔，虽然我过来是打算结果了他，但真到要下手的时候，我还是有些犹豫，这还是需要勇气的。不过现在不一样了，我已经想明白了，这个不爱惜舞衣子的家伙，这个阻挠我们获得幸福的家伙就是该死——我会毫不犹豫地杀死他。"

我直勾勾地望着由纪惠的眼睛说完这段话后，她缓缓地点了点头。啊，我们俩果然心心相印。我太开心了，险些又要流出眼泪。

"你说的话，我特别能够理解。"由纪惠的声音有些颤抖。

"真的吗？太好了。对我们来说，这才是最好的选择，你终于明白了。"

"也就是说……雅之现在还活着？你还没有杀死他？"

"是的，对不起。"

"你不用跟我道歉。我想看看他。他现在在哪里？"由纪惠环顾了一下四周。

"你看完他，就没有食欲了。我还希望你多吃点炖菜呢。"

"也对哦。"由纪惠微笑了一下，"那我开动了，好香啊。"

由纪惠尝了一口炖菜说道："真好吃。"

我很开心，又给她夹了点普罗旺斯杂烩和沙拉。

"我刚下夜班，吃不下那么多。给我来一点就行了。"

由纪惠笑眯眯地往嘴里夹菜。

"每道菜都很好吃，非常精致，你确实为我下了不少功夫呢。"

"哦，你能吃出来吗？"

"当然吃得出来。"

由纪惠一勺又一勺地把菜送进嘴里，吃得很香。做饭人最欣慰的就是看到这一幕。她看上去已经彻底释怀，望着我的眼睛也充满爱意。太好了，由纪惠终于理解了这一切，接纳了这一切。

"普罗旺斯杂烩里的菜，块儿太大了。能递我把刀吗？"

"对不起，是我做得不够细致。我想着炖菜要让舞衣子也能吃，所以里面的东西就切得比较细，杂烩嘛，我就特意保留了一些大块的蔬菜。"

"你已经做得很精细了。只是我今天有点累，实在懒得嚼了。"

"也是。你等一下。"

我从厨房水槽下的抽屉里取出一把刀。舞衣子想伸手去够，我赶紧拦住她："这可不行，刀可危险了。"

回到餐桌前，我把由纪惠盘子里的杂烩切成小块。

"不用你切，我自己来就好。"

"你说什么呢？今天你可是主角。再说了，切菜也挺累的。你今天就好好做你的公主，安心享受就行了。"

"——也对哦。"由纪惠微笑着，夹起切好的菜放进嘴里。

"炖菜都吃完了，再来点儿吗？"

"我已经饱了。"

"这就饱了？是不是不合你的口味？"我有些失望。我本来想让她多吃一点儿的，不过——

"今天我想一边喝酒，一边慢慢吃。"

听到她这样说，我又释然了。

"是啊，咱们一边喝酒，一边慢慢吃。"

将大盘里的普罗旺斯杂烩也切成小块后，我把刀放到水槽里。

"哎呀，橱柜上的电话好像不见了。"

"这次谈话非常重要，我不希望被人打扰，所以就把它收起来了。"

"是吗？那要是有人打手机过来，不是一样吗？"

"我就知道你会这么想，刚才我已经把手机信号干扰器打开了。"

"哦……你还真是下了不少功夫呢。"

"那当然了。这可关系到我们今后的一生呢。"

"那现在你可以把这些都恢复原样啦。我们的话也谈完了，一切都在朝着好的方向发展。"

"保险起见，还是等那家伙丧命之后我再恢复原样。"

"……我还是想先看看雅之现在怎么样了。"由纪惠站起身。

"还是不要吧。难得现在心情这么好。"

"可我想牢牢记住他那凄惨的样子。"

"啊，这样的话——"我忍不住也笑着站起身。

舞衣子又开始磨人，我一边哄她，一边来到走廊上。由纪惠跟在我身后。我打开卧室的房门，又打开电灯。房间里，一个赤裸的男人倒在冰冷的木地板上。他的脑袋上蒙着一块头巾，手脚都被绑着，下身穿着一条纸尿裤。我听到身后的由纪惠倒吸了一口凉气。

男子一动不动。

　　我当时本来打算从正门用钥匙开门，结果屋里上了 U 型锁，我只好按了下门铃。他出来开门时，我在他脖子上打了一针麻醉药，把他放倒了。为了不让舞衣子看到脏东西，我把他拖进了卧室，脱掉他的衣服，给他套上一条成人纸尿裤应付排泄，再用捆绑带绑住他的双手双脚，嘴里塞上一块毛巾，又用头巾蒙住头，使他搞不清楚方向，直到现在。

　　中间他肯定醒来过，也挣扎过，因为台灯和杂志架都倒了。他闹的动静一定不小，还好，没被楼下的邻居发现。他现在肯定已经体力耗尽，再次晕了过去。

　　由纪惠跪在他身旁，握住他的手腕。

　　"他还活着。"由纪惠说。

　　"我还盼着天冷直接把他冻死呢，看来在室内还是不太容易实现啊。"

　　"他的身体一点儿热气都没有。为什么要脱光他的衣服？"

　　"当然是为了方便分尸了。"

"是吗……那个，我又想了想，你不觉得我们没有必要非得杀死他吗？"

"欸，为什么？"

"他现在已经非常虚弱……先别管他了。我只要和他离婚不就行了吗，对不对？"

"那可不行，他绝对会重蹈柿沼的覆辙。要是就这么放了他，他对我一定怀恨在心，不知在什么时候、什么地方，他可能就会要了我的命。而且，这家伙和舞衣子又没有血缘关系，如果哪天他一个想不开，说不定还会伤害舞衣子。"

"怎么会……"

"你什么也不用担心。我的工作就是保护你和舞衣子，好不好？"

舞衣子闹得更厉害了，她开始仰着身体大哭起来。

"好啦好啦，是要睡觉觉了吗？"

"也许是想喝奶了。我来喂她吧。"

"别。"由纪惠刚下夜班，把孩子交给她我还是有些不太放心，"你还是先去洗个澡，怎么样？"

"好的……"

"奶瓶可能还没刷。对不起，我马上去刷奶瓶，还得给奶瓶消毒。"

"好的。"

我赶忙跑进厨房烧了一锅热水，奶瓶用过后一直没刷。我刷奶瓶时，舞衣子对着我的脸又打又拽，我只好先把她转到背后背着。

"对不起啊。爸爸现在要把奶瓶洗香香，这样一会儿妈妈就可以给你喂奶啦。"

我把刷好的奶瓶放进沸腾的水里。卫生间里传来淋浴的声音。我想起刚才由纪惠还没洗澡就要抱舞衣子时，我犹豫着没有答应。虽然有些无情，但那是我在那一刻的自然反应。对我来说，果然没什么比舞衣子更重要。当然，由纪惠身为我的妻子、我孩子的母亲，我也很爱她。可这种爱，或许已不再是从前那种炽烈的爱，从我自己刚刚的行为来看，我也深刻地感受到这一点。

这样也好。恐怕由纪惠也是同样的感觉。她可能也已不再把我当作一个男人那样去爱，这倒无所谓。只要她能把我当作她的丈夫、她孩子的父亲去爱，就足够了。我们与其说是夫妇，不如说是共同抚养舞衣子长大的队友。只要这个家庭能够以舞衣子为中心，肯定一切都会十分顺利。

我们的新生活现在才刚刚开始。不要急，慢慢去摸索，一点点前进就好。由纪惠似乎还有很多困惑，我们毕竟好久没见了，有一些摩擦也不奇怪。刚才她突然带着舞衣子往外跑，肯定也是出于不安——不，她可能是在考验我，看我是不是真的有在反省。如果换作以前的我，肯定会吼她一顿，让她不要乱来。不过，看到我今天的表现，她应该相信我已经彻底重生了。

过了七分钟，我把奶瓶盖和奶嘴也放进锅里煮。

"马上就好了，再等一下下。水好烫烫，你不能乱动哦。爸爸现在不能离开火，你要乖乖！"

我准备好奶粉罐，又从冰箱里取出凉开水。等由纪惠洗完澡再用电水壶烧水吧。

这些活儿，我现在干得很开心。今后我可以大大方方地陪在舞衣子身边，可以想怎么抱她就怎么抱她，可以痛痛快快地为她做这做那。

那个男人从不给奶瓶消毒，有好几次只用点洗洁剂刷就开始泡奶粉，一想起来，我又有些生气。幸好在舞衣子懂事之前就把他们分开了，那种男人不会留在舞衣子的记忆里，真是再好不过了。

"舞衣子，我的小公主。从今往后，我会把我的一生全部献给你。"

我一边对她说着戏剧念白般的话，一边把炉子上的火熄灭。我用奶瓶夹将奶瓶、瓶盖和奶嘴从开水里夹出来，放在滤水筐里。清洁奶瓶的工作就算完成了。

舞衣子还在哭闹，手脚不停地乱晃。我把她先放到小床上。她哭得很大声，不过，我现在也无暇顾及。我还有事情要做，这种肮脏的活计我不想让她看到。

"好了。我把它放哪儿了来着？"

我应该是放在了一个舞衣子够不到的地方。我以为是在厨房岛台上，找了一圈，居然没有。难道是我做饭时嫌碍事，放在别处了？我心神不定地四处找来找去，终于在餐具柜的抽屉里找到了——注射用具包。

"爸爸现在要去收拾一下那个坏叔叔。你等我一下下。"

舞衣子从小床的栏杆之间伸出手，哭着找我要抱抱。看到她这个样子，我不由得心旌摇荡。

我得在给舞衣子喂奶之前，赶紧把那个绊脚石除掉。我打开用具包的拉锁，取出注射器，里面已经装好了肌肉松弛剂。

这一切都是为了舞衣子的安全，为了给她一个无忧无虑的未来。

我觉得我现在无所不能。在与柿沼的生死大战中获胜生还，令我分泌出大量的肾上腺素。没有什么是现在的我做不到的，世界在我眼前熠熠生辉。

——我是无敌的。

我鼻子里哼着歌，一只手拿着注射器走向卧室。

上天一定会原谅我们，这是为了保护舞衣子！

きっと許される。これは舞衣子を守るため
だ——

博信去厨房给奶瓶消毒了。我能听到从厨房传来的水声。

我迅速跑进浴室，将莲蓬头的水开到最大，然后马上回到卧室。我得趁博信以为我在洗澡的这段时间，赶紧把雅之身上的捆绑带解开。

我抓紧时间从化妆台的抽屉里取出修剪眉毛用的剪刀。可惜剪刀太小了，很不好剪，一碰到捆绑带的硬塑料就被弹开。没办法，我决定先把雅之叫醒再说。

雅之全身都已冻僵，呼吸微弱。我把床上的毛毯给他盖上，用力抚摸他的身体。

"坚持住！"

我一边拍他的肩膀，一边和他说话，就像在检查病人的意识一样。他完全没有要醒来的迹象。

"快醒醒，求求你了。"

我更加用力地拍打、摇晃他的身体。还是没什么效果。

我心里一直惴惴不安，不知博信什么时候会进来。我用拳头按压雅之的胸骨，掐他的手背，可他还是没有睁开眼睛，甚至没有拂开我的手，只是无力地呼吸着。

他目前的意识状态处于最低水平。我快要哭了，难道他就要这么死了？我摸了摸他的头，肿得很厉害，肯定被打得不轻。

"求求你，快醒醒吧——"

我不想以这种方式失去我的丈夫，我不想再次失去我所拥有的家庭。我反复拍打雅之的脸颊与肩膀，掐他的手背，摩挲他的身体。

可无论我怎么努力，雅之的身体始终冷得吓人。我脱下衬衣，钻进毯子里。我把雅之紧紧地抱在胸前，手在他的后背上拼命摩挲。我仿佛抱着一个冰冷的石块，甚至浑身起了一层鸡皮疙瘩。

我感觉十分讽刺，我们已经很久没有肌肤接触了，甚至很久没有拥抱。我一直对此不满，很想和他肌肤相亲。没想到，这个愿望居然以这种方式实现了。

博信刚才说，是柿沼的袭击令他重生，或许我也是一样的。为什么以前我会对雅之有诸多不满？虽说没有性生活，但除此之外我还是挺幸福的。而且说到底，雅之会遭遇不幸全都怪我。如果不是跟我在一起，他根本不会遭遇这样的事情。

厨房的水声停止了，脚步声越来越近。我赶紧把毯子掀开，放回床上。我把手伸进衬衣袖子，并试图扣上纽扣，但我的手指不住地颤抖，怎么也扣不上。

怎么办？

怎么办！

我还没有扣好扣子，门就开了。

博信手里拿着一个注射器。

"咦，你不是在洗澡吗？"

博信诧异地看了看我，又看了看水声哗哗的浴室。

"浴室太冷了，我想暖和暖和再过去。这个季节不是很容易在浴室晕倒吗？我这刚暖和得差不多，正要脱衣服呢。真是的，你怎么专挑这会儿进来呢！"

我装作不好意思地将衬衣前襟合拢。

博信色眯眯地盯着我说："对不起，对不起。不过这有什么关系，我们本来不就是夫妻吗？"太好了，被我蒙混过去了。

"——注射器里是什么？"

"啊，是肌肉松弛剂。"

我倒吸了一口凉气。肌肉松弛剂，这一针打下去，雅之的心脏就会停止跳动。

"用不着打这个吧，你什么都不做，他也坚持不了多久的。"

"我不是跟你说了吗，早把他处理了早安心。这也是为了舞衣子着想。"

博信跪在地板上，取下针头盖。

"等一下。"

我急忙按住他的手。

"我可不想让舞衣子成为杀人犯的孩子。"

"我不会成为杀人犯的。我又不会被抓。"

"你怎么能肯定？警察是很优秀的。"

"只要找不到尸体就没问题。你也知道的吧？我可以不留痕迹地收拾残局。"

博信充满孩子气又自信满满地笑了笑。

我感到一阵毛骨悚然。

没错，作为一名外科医生，博信肯定能完美地令雅之全身失血，然后再进行分尸处理。我也听说过这样的说法，只要找不到尸体就无法立案。

"不过……你要是弄脏了自己的手，一辈子都会为此不安。你还能毫无愧色地面对舞衣子吗？你一定会后悔的。"

"你忘了吗？我已经把柿沼杀死了。"他"哼"地冷笑了一声。

"可那家伙是个坏蛋——"

就算他是个坏蛋你也不能杀死他，什么人都不能杀。不过，我现在只能用这样的理由来说服他。

"在我来看，这家伙也是个彻头彻尾的坏蛋。他还不如条害虫。"

博信的目光变得锐利。

在他看来，柿沼和雅之都是一样的。

"我还是不愿意看到你这样做。"

我静静地握住他的手。

"这种人，用不着你亲自动手。反正他也活不了多久，我不想你再因为他而脏了自己的手。我们三个人好不容易就要开始新生活了，总不能以这种事作为起点吧——你说呢？"

我双手握住他攥紧的拳头，拼命恳求道。

"而且，如果舞衣子长大以后知道了这件事，一定会非常伤心的。"

"是吗⋯⋯不过⋯⋯"

博信目光低垂，有些犹豫不决。还差一步就能说服他了。

"而且，注射死亡也有点太便宜他了，这种人就应该把他丢在这里，让他自己等死！"

我一边在心中默念着对不起，一边对着雅之的脚用力踢了一下。不知是幸运还是不幸，雅之没有任何反应。

博信默默地思考了一阵，终于点了点头，表示认同。

"确实，你说的有道理。好吧，就这么办。"

博信重新拧上针头盖。

太好了——

我松了一口气，身体几乎要虚脱。

"那咱们回客厅继续庆祝吧。"

"舞衣子的奶呢？"

"我现在喂。"

"可你还没洗澡呢。"

"还真是⋯⋯嗯，要不然还是你喂吧。我怕现在洗澡会感冒的。"

"那就我来喂，没事。你刚下夜班，别累着。"

博信手拿着注射器，走向浴室。水声停止后，我听到客厅里传来舞衣子的哭声。

"那我先去给她喂奶，然后再去给你准备香槟。你快点过来哦。"

博信从走廊上探出头，笑着对我说完后，朝厨房走去。

我立刻跑到雅之身边蹲下来，再次拍打他的脸颊和双肩，摇晃他的身体，但他依然没有任何反应。

"让你久等啦——牛奶来喽——"客厅里传来博信哄舞衣子的声音。舞衣子的哭声停了下来。要不要趁现在下楼求救？博信绝对不会做出伤害舞衣子的行为。

——不，不行。我不能把舞衣子留下。如果被博信察觉，他带着舞衣子从此消失了，我就全完了。

"雅之，求求你了，快醒醒吧。"

我拿起化妆剪刺向他的大腿。当我取出剪刀时，他的皮肤上渗出了血。雅之微微皱了皱眉，呻吟起来。

还差一点！我又更加用力地刺了一下。雅之的身体反射性地抽搐了一下，可能由于空气突然流入气管，他剧烈地咳嗽起来。

我连忙捂住他的嘴，担心咳嗽声传入博信的耳朵。雅之一阵干呕，我赶紧用毯子把他盖住。毯子下传来闷闷的咳嗽声，同时，客厅里传来博信哄孩子的声音。还好，没有被他发现。

咳嗽声好像停了下来，我掀开毯子。雅之微微睁开眼，视线迷离，呼吸急促。

"你还好吗？"

没有反应。我用剪刀轻轻戳了戳他的手背，他猛地直起身，坐在地板上向后退了几步。

"雅之，是我。"

他的目光聚焦在我脸上。那张因恐惧而僵住的脸逐渐变得扭曲，眼泪马上就要夺眶而出，他一下子倒在我的身上。

"……太好了，总算得救了。刚才有个奇怪的男人突然闯进来，然后——"

"嘘！"

我把手指竖在嘴边，示意他不要出声。

"那个人还在这里。"

"什么？"

雅之的脸再次因恐惧而僵住。

"你没事吧？"

"我没事。得先把绑带弄开。"

雅之努力将捆绑的位置错开一点缝，我总算剪断了绑带。

双手得到解放后，雅之一把抱住我。

"那个男人呢？"

"在厨房里。"

"你报警了吗？"

"他开了干扰器，手机现在没信号。固定电话也被他藏起来了。"

"见鬼。那现在可不是拥抱的时候，我们赶紧跑吧。"

雅之将挂在椅子上的运动服套在身上。

"不行，他把舞衣子抢走了，现在正给舞衣子喂奶呢。"

"喂奶？为什么啊？"

雅之肯定一直以为是强盗入室，所以紧皱起眉头，十分不解。

"那个人是我前夫。他太喜欢舞衣子了，来找我重归于好。"

"前夫？你不是说你们俩已经彻底断了吗？"

"我是这么以为的啊。我没告诉他咱们搬到了这里，也没让他再见过舞衣子。谁知道他是怎么追到这里来的。"

"妈的……"雅之一拳打在团成一团的毛毯上。

"那，由纪惠，你去找人求救，我留在这里监视他，看他会不会对舞衣子做出什么奇怪的举动。"

"我不想自己一个人逃跑。"

"你这不叫逃跑。"

"可他叫我的时候我要是不答应，马上就会被他发现。我不能走，还是你去找人吧。"

"我怎么能把你和舞衣子丢在这里呢！"

虽然是这种紧急时刻，我心中还是涌起一股暖流。这个人，为了保护我和舞衣子，勇敢地挺身而出。尤其令我高兴的是，他竟如此把舞衣子放在心上。

舞衣子并不是雅之亲生的孩子，所以我一直不知道，他对舞衣子究竟是什么样的感情。这是一个很微妙的问题，我又不能直接问他"你是真心喜欢舞衣子的吗"。这个问题一问出口，只会给他带来伤害。

现在，雅之用自己的行动证明了这一点，我简直快要哭出来了。

"你刚才不是说了吗，这不叫逃跑。没时间了，你快点走。他是不会伤害舞衣子的。我在这里把他拖住，你赶紧找人过来帮忙，这样咱们就都能得救了。"

"我明白了。"雅之缓缓地点点头。

我把他的胳膊搭到我的肩膀上，扶他站了起来。

——这家伙和舞衣子又没有血缘关系。

博信的声音在我的脑海中响起。

——就算谈不上虐待，照顾不周总有可能吧。

你错了！我在心中回答博信。

我架着雅之慢慢走向房门。雅之的脚步有些不稳，我用力支撑住他的身体，小心翼翼地打开房门，静悄悄地来到走廊上。正要走向玄关时——我不由得倒吸了一口凉气。

博信两手举着刀，堵在玄关前。

"我好失望啊，由纪惠。"

他似乎从心底里感到悲哀。

"我就觉得你有些不对劲，我一直盼着是我猜错了。可是——唉，太遗憾了。实在是，实在是太遗憾了。"

博信的脸上看不出一丝怒火，他一副快要哭出来的样子。

"由纪惠……你压根没打算和我一起抚养舞衣子长大，是不是？"

博信向我们走近一步。我和雅之条件反射似的向后退了一步。

"我还以为你已经理解我了，你刚才一直在骗我吗？"

"那是……"

"难道那些全都是你装出来的？为了救这个男人？"

博信举起刀，我们又向后退了一步。

"由纪惠，你应该和我一起开启新生活，这个男人就是我们的绊脚石。"

"求求你了，放过我们吧，不要再来找我了。你现在马上离开这里，这件事我不会告诉任何人。我会一直为你保密的。"

"我离开这里的时候，一定会带着舞衣子。"

博信手里拿着刀，一步步向我们逼近。我们离玄关越来越远，最后被逼进了客厅。

"为了舞衣子的幸福，请你再冷静地考虑一下。"

"我早就考虑好了。所以我才不想让你出现在舞衣子身边。"

我看了一眼小床。舞衣子正扶着栏杆站在小床上，愣愣地望着我们。我要不要过去把她抱起来？不，不行。博信手里拿着两把刀，虽说他不会主动伤害舞衣子，但万一他手一滑，可就不好说了。婴儿床放在客厅的角落里，只要一直待在床上，舞衣子就是安全的。

啊，到底该怎么办才好——

我脑子正在飞速思考，身上却忽然感到一阵轻松。

压在我肩头的重量一下子消失了。

只见雅之猛地扑向博信的大腿。也许是没料到对方会攻击自己下盘，博信冷不防被推倒在地。他两只手上的刀全都被甩掉，雅之骑在他的身上，他一时动弹不得。

不过，雅之的体力尚未恢复。博信抬腿踢了一脚，便轻易扭转了局势。博信两手掐住雅之的脖子，把全身的力量都压了上去。雅之痛苦地挣扎着，渐渐地，他手脚摆动的力道越来越弱。

我四下寻找掉在地板上的刀。一把刀不见了，另一把滑到了阳台推拉门附近。我连忙过去捡起刀。

可我拿起刀，刚一转身，就发现博信正站在我身后。他手里握着另一把刀，刀刃对着我。我不由得尖叫起来。雅之远远地躺在地板上，一动不动。

"雅之！"

我大喊一声，可他依旧一动不动。我眼前一黑。

"你怎么能做出这种事来？你真是疯了！"

我举起刀对着博信刺过去，却被他轻松避开。

虽说我手里有刀，但我们毕竟在体格上存在巨大的差距。那我也不能认输。无论如何，我必须保护舞衣子。

他离我越来越近。

博信忽然笑了起来。

"我疯了？你还不是和我一样。"

"你在说什么？"

"你打算用那把刀来干什么？打算杀死我对不对？为了保护舞衣子，你还不是跟我一样！"博信嗓音高亢，语气里充满讽刺。

我感觉自己受到了侮辱，我是为了舞衣子不惜拼上性命："我怎么会和你一样！"

我尖叫着冲过去。博信身子一闪，从侧面用力撞了我一下。我的身体撞上沙发，头磕到咖啡桌，仰面倒在地板上。

一股鲜血的味道，我嘴里好像磕破了，刚才还在我手上的刀也不见了。蒙眬中，我看到博信的脸和一把刀离我越来越近。

就在这时——

刀尖不断晃动，紧接着，刀子掉在地板上，发出清脆的声响。博信大叫一声软倒在地。

雅之趴在博信的后背上。

——雅之……太好了，你还活着……

雅之两手按在博信的左腰处，他的手已经被染成鲜红色，两手间可以看到一个刀柄。雅之看上去茫然无措，一动不动。但是在博信痛苦的呻吟声中，他好像回过神来，离开了博信的身体。

　　"怎么办……不好了……"

　　雅之低头望着自己被血染红的身体，浑身颤抖，声音也变得扭曲。

　　博信趴在地上不停呻吟，我将他翻过来，检查了一下他的伤势。不知道这算幸运还是不幸，刀口并不是很深，可能对于体力耗尽的雅之来说，这已是他能做到的极限。另外，刀刺在最下面一根肋骨与骨盆之间，从博信的体征与出血情况来看，并没有伤到体内的脏器。

　　博信表情痛苦地低头观察了一下自己的伤口，他可能也做出了同样的判断。每次呼吸都会带给他尖锐的疼痛，而且，他心里清楚，如果乱动，刀刃很可能会伤到脏器。这时候如果拔出刀子，会造成大出血，所以绝不能拔刀。这样一来，他就只能一动不动地待在原地。

　　"我杀……杀了人——"

　　雅之一脸惊恐。他的脸上全是伤口和瘀青。都怪我，害他受了这么重的伤，最后还害他不得不动手捅伤了人——

"没事的，不是致命伤。"

我从厨房拿来一条毛巾，敷在刀口周围，让博信自己用手按住止血。

"你没有杀人，我不会让你杀人的，你这完全属于正当防卫。现在马上叫救护车，他一定会没事的。博信，固定电话在哪里？"

博信痛苦地用眼睛示意，电话在旁边和室的壁柜里。雅之跌跌撞撞地跑过去。电话被胡乱塞在被子中间。他赶忙拽出电话线，把它插到橱柜边的电话接口上。

"快点叫救护车……我不能就这么死了。"博信强忍疼痛，呼吸急促地说道，"我还要一直、一直……陪在舞衣子身旁。"

我按住雅之已经开始拨号的手，回过头。

这个男人被送到医院后一定会得救，然后，他会因杀死柿沼、非法闯入我家、暴力伤害雅之而受到制裁。不过，他杀死柿沼可能会被认定为正当防卫或防卫过当，应该不会被判死刑，估计关几年就会被放出来。

以他的执念，他出狱后一定会四处寻找我和舞衣子。这个人，为了舞衣子，什么事都做得出，就像今天这样。而且，很可能会变本加厉。

可如果……我紧张地咽了下口水。

如果不叫救护车……

我从雅之手里拿过电话听筒，放回座机上。雅之瞪大了眼睛。

"由纪惠？"

"喂，你干什么呢？快叫救护车！"

把他放在这里不管，他就会流血而死。并不是我们动的手。只要什么也不做，他就会自然死去。

"你打算用那把刀来干什么？打算杀死我对不对？为了保护舞衣子，你还不是跟我一样！"博信刚刚的话在我脑中响起。

不，我们不一样。是这个男人将我们的生命置于危险之地。

没错。

上天一定会原谅我们，这是为了保护舞衣子！

"由纪惠，求求你了。"博信脸色苍白，气息微弱。

忽然，我的脑海中浮现出自己以前护理过的那些病人，博信的脸和今天与世长辞的高峰辽子重叠在一起，我一下子清醒过来。我当护士是为了拯救生命。如果今天我对这个男人见死不救，以后一定会后悔。今后这一辈子，我都无法问心无愧地面对舞衣子，无论是作为一个人，还是作为一个母亲。

是的。我面前的这个人不是我的前夫，也不是舞衣子的父亲。

他只是一名内心崩溃、身负重伤的病人。

我闭上眼，重重地呼出一口气，然后拿起电话，毫不犹疑地按下了119。雅之望着我，松了一口气。

"有人受伤。请赶快派救护车过来。我的位置是……"

*

两室两厅的房间已经变得空空荡荡，只剩下一个装着贵重物品的行李箱。夕阳洒进室内，在木地板上投下一个落寞的影子。

"我一直觉得这房屋很小，不过这么一看，还是蛮大的。"

雅之感慨万千地叹了口气。

"舞衣子，咱们下一个家比这个还要大哦。而且，还有你自己的房间呢。"

舞衣子被我抱在怀中，雅之戳了戳她的小脸，她咯咯笑着，手舞足蹈起来。

今天我们就要搬到新房去了，那个房子我们已经看了很久。刚刚搬家公司的人过来把家具和纸箱都搬走了。我们马上也要开车过去。从今晚开始，我们可能要过上几天被纸箱包围的日子了。

距离那次事件已经过去了三个月。在此期间，雅之仿佛彻底变了一个人。

以前提到买房，他总是用"一辈子租房不也挺好吗"来推托，可现在他也想要一个自己的家了。当然，很大一部分原因是他不想继续生活在这间发生过恐怖事件的房屋里。但选择新家时不是租房而是买房，这是一个巨大的变化。

以前他一直宣称"哪怕到手的钱少一点，也要找一个压力小的单位"，可现在他主动换到了一家大型医院。虽然工作变得又忙又辛苦，但他希望能有稳定的经济收入。同时，在育儿方面，他也想比以前投入更多，因此，求职时，周末双休这个条件他绝不肯让步。他本人意气风发地说，无论是职场工作还是家庭生活，他都会全力投入。

无论思考什么问题，他都变得更加稳重踏实。不知死亡何时会降临，不知未来会发生什么，所以他不想再过那种今朝有酒今朝醉的日子，他要脚踏实地地生活 —— 据说是那次事件令他产生了如此深刻的认识。

虽然舞衣子好不容易才适应现在的保育园，但搬家后就得从这儿退园了。因为我已辞职，到了新家后，也不能再送她去保育园[1]。不过新家附近有一家幼儿园[2]，可以接收不满两岁的宝宝，所以我决定把她送去那里。那家幼儿园是地产项目配套开发的新园，刚建成不久，校园特别宽敞，房间里充满了实木的温暖气息。去参观时，我一眼就喜欢上了那里。

和我们同住一栋楼的小朋友很多都在那里上学，舞衣子肯定能交到好多新朋友。我肯定也会结识很多宝妈伙伴。

"来，咱们该走了。"

雅之推着行李箱说道。

"是啊。"

我抱着舞衣子，最后环顾了一下这个房屋。我的目光停留在客厅阳台的推拉门一带。博信就是在那里倒下的。最终保住一命的他现在被拘留在医疗机构里，等待判决。

幸好那时没有一时冲动，对他见死不救，否则

---

1 日本很多保育园的入园条件要求父母必须是双职工。
2 日文中多分为保育园和幼儿园，前者是刚出生的婴儿便可入园，类似婴儿托育；后者大多是三岁以上的幼儿才可入园。（编者注）

我一定会失去些什么，肯定无法像现在这样，问心无愧地追寻自己的幸福。

"等搬完家，咱们去附近的荞麦面馆吃一顿吧。"雅之说。

"那家老式民居风格的？我去看房时路过过那里，我也想去尝尝呢！"

"好像它旁边还有一家杂货店。回去时顺路去买几条毛巾吧。"

"家里不是还有好多毛巾吗？都没地方放了。"

"不是不是，我是说买来送给邻居的。搬完家总得去打个招呼啊。"

"楼里可不只我们是新搬来的哦，所有住户都是新搬来的。"

"可咱家不是有小孩子吗，可能会给同一楼层或楼下的住户添麻烦，还是应该先去打个招呼。"

"确实。没想到你居然礼数如此周全。"

"这是为了让我们能愉快地迎接新生活。而且，为了舞衣子着想，也得和邻居们搞好关系才行啊。对不对，舞衣子？"雅之望着舞衣子的小脸，说道，"好了，舞衣子交给我来抱吧。"

"没关系。你还得推箱子呢，我没事。"

"你不要勉强，累到肚子就麻烦了。"

雅之熟练地绑好婴儿背带："舞衣子——到这边来——"

他一边说，一边接过舞衣子。舞衣子也很开心，"咿咿呀呀"地叫着抓住雅之的脖子。

除了变得稳重踏实，雅之还有一个变化。

不知死亡何时会降临——认识到这一点之后，他开始对活着、对生命的延续变得执着。于是，我就获得了一个新生命。雅之对此非常高兴，舞衣子虽然还小，但也知道家里又要增添一名小成员，每天似乎都很期待。

我们人生的第二章即将开启。这一章如今还是一片空白，没有任何污点，是全新的一页。我会在上面书写自己平静的家庭生活，书写自己的人生。

我们相视一笑，走向走廊，走出大门，不再回头。

然后，像是要将一切封印一般，我紧紧地锁上了门。